LE'COMTE D'ESSEX,

TRAGÉDIE

DE T. CORNEILLE.

A PARIS,

Au Bureau de la Petite Bibliotheque des Théatres,
rue des Moulins, butte S. Roch, nº. 11.

M. DCC. LXXXVI.

AVIS AU LECTEUR.

Il y a trente ou quarante ans que feu M. de la Calprénede traita le sujet du *Comte d'Essex*, et le traita avec beaucoup de succès. Ce que je me suis hasardé à faire après lui semble n'avoir point déplu, et la matiere est si heureuse, par la pitié qui en est inséparable, qu'elle n'a pas laissé examiner mes fautes avec toute la sévérité que j'avois à craindre. Il est certain que le Comte d'Essex eut grande part aux bonnes graces d'Élisabeth. Il étoit naturellement ambitieux. Les services qu'il avoit rendus à l'Angleterre lui enflerent le courage. Ses ennemis l'accuserent d'intelligence avec le Comte de Tyron, que les rébelles d'Irlande avoient pris pour chef. Les soupçons qu'on en eut lui firent ôter le commandement de l'armée. Ce changement le piqua. Il vint à Londres, révolta le peuple, fut pris, condamné, et, ayant toujours refusé de demander grace, il eut la tête coupée le 25 Fé-

vrier 1601. Voilà ce que l'Histoire m'a fourni.
J'ai été surpris qu'on m'ait imputé de l'avoir fal-
sifiée, parce que je ne me suis point servi de
l'incident d'une bague qu'on prétend que la
Reine avoit donnée au Comte d'Essex pour gage
d'un pardon certain, quelque crime qu'il pût jamais commettre contre l'État ; mais je suis per-
suadé que cette bague est de l'invention de M. de
la Calprénede ; du moins je n'en ai rien lu dans
aucun Historien. Camdenus, qui a fait un gros
volume de la seule vie d'Élisabeth, n'en parle
point, et c'est une particularité que je me serois
cru en pouvoir de supprimer, quand même je
l'aurois trouvée dans son Histoire.

SUJET
DU COMTE D'ESSEX.

ÉLISABETH, Reine d'Angleterre, aime le
Comte d'Essex, qu'elle a fait monter au plus
haut degré d'élévation ; mais il préfere à Elisabeth, Henriette, l'une de ses femmes. Pour
éviter de faire tomber les soupçons de jalousie
de la Reine sur Henriette, le Comte a feint de
rendre des devoirs à la sœur de Suffolc, Seigneur
de la Cour. La Reine, trompée par cette fausse
intrigue, a exilé Suffolc et sa sœur. Alors Henriette a craint que la passion du Comte pour elle
n'éclatât enfin ; et, quoiqu'elle la partage bien
sincérement, voulant lui ôter toute espérance,
elle s'est déterminée à s'unir au Duc d'Irton,
qui l'a demandée en mariage à la Reine. Le
Comte étoit absent pendant que ce mariage se
préparoit ; mais aussi-tôt il en est instruit, il revient à Londres, et, furieux, il court assiéger

le Palais d'Élisabeth , pour en arracher Henriette
des mains du Duc son rival. Il n'étoit plus tems ;
l'hymen étoit célébré. Il ne reste au malheureux
Comte que la douleur d'avoir perdu pour toujours ce qu'il aime, sans pouvoir oser s'en plaindre , et , à cause de ce silence forcé , de passer
pour avoir voulu attenter à la puissance , et peut-
être à la liberté ou aux jours de la Reine. Les
courtisans , jaloux de la faveur du Comte , ne
manquent pas à accréditer cette accusation. Il
est arrêté , ne veut point se justifier , les Grands
du Royaume le condamnent ; et quelqu'espoir
que la Reine lui fasse donner d'obtenir son pardon , s'il veut le demander , il persiste fierement
à le dédaigner , et il est exécuté. La Reine dé-
couvre tout. Elle apprend que ses ordres ont été
surpris , et que leur effet a été accéléré par les
ennemis du Comte. Elle est inconsolable de
n'avoir pu se faire aimer de lui , et d'avoir causé
sa mort , et elle souhaite vivement de pouvoir
l'expier bientôt par la sienne.

JUGEMENS ET ANECDOTES

SUR

LE COMTE D'ESSEX.

« CETTE Tragédie est du nombre de celles
qui soutiennent et qui font honneur à la scene
Françoise, et elle mérite d'y tenir sa place, di-
sent les freres Parfaict. Le sujet en est grand,
l'intrigue est bien conduite et très-simple ; les
personnages bien peints et bien soutenus. Il n'y
a pas un rôle foible. »

« Je ne m'étois pas trompé en disant qu'il n'y
avoit rien de plus touchant que cette Piece. (De
Visé, *Mercure Galant*, Décembre 1677, et
Janvier 1678.) Elle a déja coûté bien des larmes
à de beaux yeux, et c'est une forte marque de
son succès. Ce n'est pas qu'elle n'ait eu la destinée de tous les Ouvrages qui ont le mieux
réussi. On les critique d'abord, et ceux qui

mettent le bel esprit à n'approuver jamais rien, ou qui veulent que tout ce que leurs amis n'ont pas fait soit à rejeter, ne manquent pas de passer arrêt de condamnation le premier jour. On a usé de la même sorte à l'égard du *Comte d'Essex*. Une douzaine de vers, qu'on a prétendu négligés, a fait dire aux uns et aux autres qu'il seroit encore plus promptement condamné en France qu'il ne l'avoit été autrefois en Angleterre. On l'a publié, on l'a écrit en Province. Cependant les grandes assemblées y continuent, et il n'y a pas d'apparence qu'on les voie si-tôt cesser. Leurs Altesses Royales MONSIEUR et MADAME ont honoré la représentation de cette Piece de leur présence ; et après les louanges publiques qu'ils lui ont données, on peut dire qu'elle n'a pas besoin d'aucun éloge. La gloire en est d'autant plus grande pour l'Auteur, que ne prévenant jamais les suffrages, ni par des lectures, ni par des brigues, il peut s'assurer que ce qui réussit de lui mérite toujours de réussir. Il est vrai que cet Ouvrage est admirablement soutenu dans la Troupe qui le représente. On sait que Mademoiselle Champmêlé n'a jamais de rôle touchant qu'elle n'y charme , et celui d'Élisabeth est joué par elle d'une maniere qui lui gagne tous les Auditeurs. »

« Cette Tragédie se soutient encore de nos jours avec le plus grand éclat. Le style en est plus naturel que sublime, et cependant toujours noble , toujours propre au sujet. Le rôle du Comte nous attache ; celui de la Reine nous intéresse. L'Auteur a su parfaitement saisir et conserver le caractere de l'un et de l'autre. » *Dictionnaire Dramatique* , &c.

L'Abbé de la Porte raconte , dans ses *Anecdotes Dramatiques*, « qu'un homme d'esprit venant de voir jouer le rôle d'Élisabeth à Mademoiselle le Couvreur étoit si frappé de la noblesse de son jeu qu'il disoit : *J'ai vu une Reine parmi des Comédiens.* »

Adrienne le Couvreur étoit fille d'un Chapelier de Fismes , en Champagne , et naquit en 1690. Elle vint à Paris de bonne-heure , et, se destinant au Théatre , elle prit des leçons du Comédien Baron , qui lui fit jouer, sur des Théatres de Société , plusieurs rôles tragiques et comiques. Elle s'engagea ensuite dans la Troupe de Strasbourg, où elle resta quelques années. Là ses talens se développerent et firent de tels progrès qu'elle fut bientôt vivement desirée à Paris. Elle y revint en 1717, et y débuta par le rôle d'*Electre*, dans la Tragédie de ce nom, et par celui de *Monime*, dans *Mithridate*. Son succès fut si brillant, qu'on la reçut tout de suite pour les premiers rôles tragiques et comiques. C'est sur-tout dans le tragique qu'elle s'est fait une réputation distinguée. Elle contribua beaucoup à la perfection de la déclamation théatrale, ou plutôt elle fut l'un des premiers sujets du Théatre assez intelligens pour sentir que la déclamation doit en être bannie. Elle récitoit comme l'on parle; et quand elle étoit en scene avec le célebre Baron, ils n'employoient l'un et l'autre que le ton familier de la conversation, sans jamais l'élever trop, et ils avoient tout le naturel qu'il est possible de conserver, en gardant toujours toute la noblesse et la dignité convenables à leurs rôles.

Elle fut liée jusqu'à sa mort avec le Comte de Saxe, pour lequel, dans une circonstance où il étoit gêné, elle vendit ses bijoux et sa vaisselle, et dont elle eut quarante mille livres qu'elle lui envoya. Ses graces, son esprit et ses talens ont été célébrés par nos plus grands Poëtes. Elle mourut le 20 Mars 1730, âgée de quarante ans, et regrettée de tous ceux qui l'avoient connue au Théâtre et dans le monde, où elle étoit répandue chez les personnes du plus haut rang.

La Calprénede avoit traité le sujet du *Comte d'Essex*, et sa Tragédie fut jouée en 1638. Il la dédia à la Princesse de Guémenée, et elle fut imprimée, avec un Avis au Lecteur, à Paris, l'année suivante, chez Antoine de Sommaville, *in-4°.*

Les freres Parfaict prétendent que le *Comte d'Essex* est « le meilleur Ouvrage dramatique de la Calprénede. Le plan est heureux et bien conduit, disent-ils. Les caracteres sont soutenus, et la versification assez coulante.» Voici, à peuprès, l'extrait que les freres Parfaict donnent de cette Piece.

« Le Comte d'Essex, quoiqu'aimé de la Reine Élisabeth, est amant de la femme de Cécile, le plus ardent de ses ennemis. Le Comte est possesseur de la moitié d'une bague que la

Reine lui a donnée , comme un gage certain du
pardon absolu qu'elle lui accordera , en le lui
remettant, en cas de disgrace. Le Comte est
accusé de conspiration par plusieurs Courtisans.
Cédant aux prieres de ses amis , il charge Madame Cécile de porter la moitié de la bague à la
Reine. Madame Cécile , par un motif de jalousie, suspend sa commission, et les ennemis du
Comte pressent si fort sa condamnation qu'il
perd la vie sur un échafaud. Madame Cécile
apprenant ce malheur, court enfin chez la Reine,
et lui avoue son amour et sa jalousie. La Reine
la plaint et déplore la perte du Comte. »

« Ce dénouement, ajoutent les freres Parfaict,
n'a pas été inutile à Thomas Corneille. On
peut dire même que sa *Duchesse d'Irton* est ima-
ginée d'après Madame Cecile. »

Tandis que Thomas Corneille composoit son
Comte d'Essex , l'Abbé Boyer s'occupoit à faire
revivre celui de la Calprénede ; car on ne peut
gueres regarder celui de l'Abbé Boyer, ainsi
qu'il le dit lui-même, dans sa Préface , que
comme une imitation du premier , avec quelques
corrections dans le plan. Il fut représenté , au
Théatre

Théatre de Guénégaud, le 15 Février 1678, et imprimé à Paris, la même année, chez Charles Osmon, *in-11.*

Voici ce qu'en dit l'Auteur du Dictionnaire Dramatique.

« Si l'on veut prendre la peine de conférer la Tragédie de la Calprénede avec celle de l'Abbé Boyer, on reconnoîtra aisément la supériorité de la derniere. La premiere a l'avantage de l'invention ; l'autre n'en a pas moins par l'art avec lequel elle est conduite. On y trouve des défauts essentiels ; mais moindres que dans la premiere, qui, outre cela, est, suivant le goût du tems, pleines de longues et ennuyeuses tirades. La comparaison des personnages est encore favorable à l'Abbé Boyer. Elisabeth et le Comte agissent chez lui avec plus de dignité, et sont plus intéressans que dans la Calprénede. Coban qui tient la place de Cécile, le surpasse en esprit et en adresse, et la Duchesse de Clarence l'emporte fort sur Madame Cécile, par sa véritable tendresse et la générosité de ses sentimens. En général, la Tragédie de Boyer est passable ; et si elle n'a pas eu de réussite, il ne

b

faut s'en prendre qu'au malheur qui accompa-
gnoit ordinairement les Ouvrages de ce Poëte, »
« dont le *Comte d'Essex* étoit le chef-d'œuvre,
observent les freres Parfaict. »

LE COMTE
D'ESSEX,
TRAGÉDIE
DE T. CORNEILLE,

Représentée en 1678.

PERSONNAGES.

ÉLISABETH, Reine d'Angleterre.

LA DUCHESSE D'IRTON, aimée du Comte d'Essex.

LE COMTE D'ESSEX.

CÉCILE, ennemi du Comte d'Essex.

LE COMTE DE SALSBURY, ami du Comte d'Essex.

CROMMER, Capitaine des Gardes de la Reine.

TILNEY, Confidente d'Élisabeth.

GARDES.

La Scene est à Londres.

LE COMTE D'ESSEX,

TRAGÉDIE.

ACTE PREMIER.

SCENE PREMIERE.

LE COMTE D'ESSEX, LE COMTE DE SALSBURY.

LE COMTE.

Non, mon cher Salsbury, vous n'avez rien à craindre:
Quelque soit son courroux l'amour saura l'éteindre;
Et dans l'état funeste où m'a plongé le sort,
Je suis trop malheureux pour obtenir la mort.
Non qu'il ne me soit dur qu'on permette à l'envie
D'attaquer lâchement la gloire de ma vie.
Un homme tel que moi, sur l'appui de son nom,
Devroit comme du crime être exempt du soupçon;
Mais enfin cent exploits et sur mer et sur terre
M'ont fait connoître assez à toute l'Angleterre,
Et j'ai trop bien servi, pour pouvoir redouter

Ce que mes ennemis ont osé m'imputer.
Ainsi quand l'imposture auroit surpris la Reine,
L'intérêt de l'Etat rend ma grace certaine;
Et l'on ne sait que trop par ce qu'a fait mon bras,
Que qui perd mes pareils ne les recouvre pas.

SALSBURY.

Je sais ce que de vous, par plus d'une victoire,
L'Angleterre a reçu de surcroît à sa gloire:
Vos services sont grands, et jamais Potentat
N'a sur un bras plus ferme appuyé son Etat;
Mais, malgré vos exploits, malgré votre vaillance,
Ne vous aveuglez point sur trop de confiance.
Plus la Reine au mérite égalant ses bienfaits,
Vous a mis en état de ne tomber jamais,
Plus vous devez trembler que trop d'orgueil n'éteigne
Un amour qu'avec honte elle voit qu'on dédaigne,
Pour voir votre faveur tout-à-coup expirer,
La main qui vous soutient n'a qu'à se retirer.
Et quelle sûreté le plus rare service
Donne-t il à qui marche au bord du précipice?
Un faux pas y fait choir. Mille fameux revers
D'exemples étonnans ont rempli l'univers.
Souffrez à l'amitié qui nous unit ensemble....

LE COMTE.

Tout a tremblé sous moi, vous voulez que je tremble!
L'imposture m'attaque, il est vrai; mais ce bras
Rend l'Angleterre à craindre aux plus puissans Etats,
Il a tout fait pour elle, et j'ai sujet de croire
Que la longue faveur où m'a mis tant de gloire

De mes vils ennemis viendra peut-être à bout :
Elle me coûte assez pour en attendre tout.

SALSBURY.

L'Etat fleurit par vous, par vous on le redoute ;
Mais enfin quelque sang que sa gloire vous coûte,
Comme un sujet doit tout, s'il s'oublie une fois,
On regarde son crime, et non pas ses exploits.
On veut que vos amis par de sourdes intrigues
Se soient mêlés pour vous de cabales, de ligues
Qu'au Comte de Tyron ayant souvent écrit,
Vous ayiez ménagé ce dangereux esprit,
Et qu'avec l'Irlandois appuyant sa querelle,
Vous preniez le parti de ce peuple rebelle.
On produit des témoins, et l'indice est puissant.

LE COMTE.

Et que peut leur rapport si je suis innocent ?
Le Comte de Tyron, que la Reine appréhende,
Voudroit rentrer en grace, y remettre l'Irlande ;
Et je croirois servir l'Etat plus que jamais,
Si mon avis suivi pouvoit faire sa paix.
Comme il hait les méchans, il me seroit utile
A chasser un Coban, un Raleg, un Cécile,
Un tas d'hommes sans nom, qui, lâchement flatteurs,
Des désordres publics font gloire d'être auteurs.
Par eux tout périra. La Reine qu'ils séduisent
Ne veut pas que contre eux les gens de bien l'instrui-
     sent :
Maître de son esprit, ils lui font approuver
Tout ce qui peut servir à les mieux élever.
Leur grandeur se formant par la chûte des autres....

SALSBURY.

Ils ont leurs intérêts, ne parlons que des vôtres.
Depuis quatre ou cinq jours sur quels justes projets
Avez-vous de la Reine assiégé le Palais,
Lorsque le Duc d'Irton épousant Henriette....

LE COMTE.

Ah! faute irréparable, et que trop tard j'ai faite!
Au lieu d'un peuple lâche et prompt à s'étonner,
Que n'ai-je eu pour secours une armée à mener!
Par le fer, par le feu, par tout ce qui peut être,
J'aurois de ce Palais voulu me rendre maître.
C'en est fait, biens, trésors, rangs, dignités, emploi,
Ce dessein m'a manqué, tout est perdu pour moi.

SALSBURY.

Que m'apprend ce transport?

LE COMTE.

Qu'une flamme secrette
Unissoit mon destin à celui d'Henriette,
Et que de mon amour son jeune cœur charmé
Ne me déguisoit pas que j'en étois aimé.

SALSBURY.

Le Duc d'Irton l'épouse; elle vous abandonne,
Et vous pouvez penser....

LE COMTE.

Son hymen vous étonne!
Mais enfin apprenez par quels motifs secrets
Elle s'est immolée à mes seuls intérêts.
Confidente à la fois, et fille de la Reine,
Elle avoit su vers moi le penchant qui l'entraîne;
Pour elle chaque jour réduite à me parler,

Elle a voulu me vaincre, et n'a pu m'ébranler;
Et voyant son amour, où j'étois trop sensible,
Me donner pour la Reine un dédain invincible,
Pour m'en ôter la cause, en m'ôtant tout espoir,
Elle s'est mariée.... Eh ! qui l'eût pu prévoir ?
Sans cesse, en condamnant mes froideurs pour la Reine,
Elle me préparoit à cette affreuse peine ;
Mais, après la menace, un tendre et prompt retour
Me mettoit en repos sur la foi de l'amour.
Enfin par mon absence à me perdre enhardie,
Elle a contre elle-même usé de perfidie :
Elle m'aimoit sans doute, et n'a donné sa foi
Qu'en m'arrachant son cœur qui devoit être à moi.
A ce funeste avis quelles rudes alarmes !
Pour rompre son hymen j'ai fait prendre les armes,
En tumulte au Palais je suis vîte accouru,
Dans toute sa fureur mon transport a paru :
J'allois sauver un bien qu'on m'ôtoit par surprise;
Mais, averti trop tard, j'ai manqué l'entreprise.
Le Duc, unique objet de ce transport jaloux,
De l'aimable Henriette étoit déja l'époux.
Si j'ai trop éclaté, si l'on m'en fait un crime,
Je mourrai de l'amour innocente victime,
Malheureux de savoir qu'après ce vain effort,
Le Duc toujours heureux jouira de ma mort.

SALSBURY.

Cette jeune Duchesse a mérité sans doute
Les cruels déplaisirs que sa perte vous coûte ;
Mais dans l'heureux succès que vos soins avoient eu ;
Aimé d'elle en secret, pourquoi vous être tu ?

La Reine dont pour vous la tendresse infinie
Prévient jusqu'aux souhaits.....

LE COMTE.

C'est là sa tyrannie,
Et que me sert, hélas ! cet excès de faveur
Qui ne me laisse pas disposer de mon cœur ?
Toujours trop aimé d'elle il m'a fallu contraindre
Cet amour qu'Henriette eut beau vouloir éteindre.
Pour ne hasarder pas un objet si charmant,
De la sœur de Suffolc je feignis d'être amant ;
Soudain son implacable et jalouse colere
Eloigna de mes yeux et la sœur et le frere.
Tous deux, quoique sans crime, exilés de la Cour,
M'apprirent encor mieux à cacher mon amour.
Vous en voyez la suite et mon malheur extrême !
Quel supplice ! un rival possede ce que j'aime !
L'ingrate au Duc d'Irton a pu se marier !
Ah ! Ciel !

SALSBURY.

Elle est coupable ; il la faut oublier.

LE COMTE.

L'oublier ! et ce cœur en deviendroit capable ?
Ah ! non, non, voyons-la cette belle coupable ;
Je l'attends en ce lieu. Depuis le triste jour
Que son funeste hymen a trahi mon amour,
N'ayant pu lui parler, je viens enfin lui dire.....

SALSBURY.

la voici qui paroît. Adieu ; je me retire.
Quoi que vous attendiez d'un si cher entretien,
Songez qu'on veut vous perdre, et ne négligez rien.

(*Il sort.*)

SCENE II.

LA DUCHESSE, LE COMTE.

LA DUCHESSE.

J'AI causé vos malheurs, et le trouble où vous êtes
M'apprend de mon hymen les plaintes que vous faites :
Je me les fais pour vous ; vous m'aimiez, et jamais
Un si beau feu n'eut droit de remplir mes souhaits.
Tout ce que peut l'amour avoir de fort, de tendre,
Je l'ai vu dans les soins qu'il vous a fait me rendre :
Votre cœur tout à moi méritoit que le mien
Du plaisir d'être à vous fît son unique bien.
C'est à quoi son penchant l'auroit porté sans peine ;
Mais vous vous êtes fait trop aimer de la Reine.
Tant de biens répandus sur vous jusqu'à ce jour,
Payant ce qu'on vous doit, déclarent son amour.
Cet amour est jaloux, qui le blesse est coupable ;
C'est un crime qui rend sa perte inévitable :
La vôtre auroit suivi. Trop aveugle pour moi,
Du précipice ouvert vous n'aviez point d'effroi.
Il a fallu prêter un aide à la foiblesse

Qui de vos sens charmés se rendoit la maîtresse ;
Tant que vous m'eussiez vue en pouvoir d'être à vous,
Vous auriez dédaigné ce qu'eût pu son courroux.
Mille ennemis secrets qui cherchent à vous nuire ,
Attaquant votre gloire , auroient pu vous détruire ,
Et d'un crime d'amour leur indigne attentat
Vous eût dans son esprit fait un crime d'Etat.
Pour ôter contre vous tout prétexte à l'envie ,
J'ai dû vous immoler le repos de ma vie.
A votre sûreté mon hymen importoit :
Il falloit vous trahir, mon cœur y résistoit.
J'ai déchiré ce cœur, afin de l'y contraindre :
Plaignez-vous là-dessus , si vous osez vous plaindre.

LE COMTE.

Oui , je me plains, Madame , et vous croyez en vain
Pouvoir justifier ce barbare dessein.
Si vous m'aviez aimé , vous auriez par vous-même
Connu que l'on perd tout, quand on perd ce qu'on
     aime ,
Et que l'affreux supplice où vous me condamniez ,
Surpassoit tous les maux dont vous vous étonniez.
Votre dure pitié , par le coup qui m'accable,
Pour craindre un faux malheur , m'en fait un véritable.
Et que peut me servir le destin le plus doux ?
Avois-je à souhaiter un autre bien que vous ?
Je méritois peut-être , en dépit de la Reine,
Qu'à me le conserver vous prissiez quelque peine :
Une autre eût refusé d'immoler un amant ;
Vous avez cru devoir en agir autrement.
Mon cœur veut révérer la main qui le déchire ;

Mais, encore une fois, j'oserai vous le dire :
Pour moi contre ce cœur votre bras s'est armé ;
Vous ne l'auriez pas fait, si vous m'aviez aimé.

LA DUCHESSE.

Ah ! Comte, plût au Ciel, pour finir mon supplice,
Qu'un semblable reproche eût un peu de justice !
Je ne sentirois pas avec tant de rigueur
Tout mon repos céder aux troubles de mon cœur.
Pour vous au plus haut point ma flamme étoit montée,
Je ne dois point rougir, vous l'aviez méritée ;
Et le Comte d'Essex, si grand, si renommé,
M'aimant avec excès pouvoit bien être aimé.
C'est dire peu, j'ai beau n'être plus à moi-même,
Avec la même ardeur je sens que je vous aime,
Et que le changement où m'engage un époux,
Malgré ce que je dois, ne peut rien contre vous.
Jugez combien mon sort est plus dur que le vôtre,
Vous n'êtes point forcé de brûler pour une autre !
Et quand vous me perdez, si c'est perdre un grand bien,
Du moins en m'oubliant vous pouvez n'aimer rien.
Mais c'est peu que mon cœur, dans ma disgrace ex-
             trême,
Pour suivre son devoir, s'arrache à ce qu'il aime ;
Il faut, par un effort pire que le trépas,
Qu'il tâche à se donner à ce qu'il n'aime pas.
Si la nécessité de vaincre pour ma gloire
Vous fait voir quels combats doit coûter la victoire,
Si vous en concevez la fatale rigueur,
Ne m'ôtez pas le fruit des peines de mon cœur.
C'est pour vous conserver les bontés de la Reine

Que j'ai voulu me rendre à moi-même inhumaine :
De son amour pour vous elle m'a fait témoin ;
Ménagez-en l'appui, vous en avez besoin.
Pour noircir, abaisser vos plus rares services,
Aux traits de l'imposture on joint mille artifices ;
Et l'honneur vous engage à ne rien oublier
Pour repousser l'outrage, et vous justifier.

LE COMTE.

Et me justifier ? moi ! ma seule innocence
Contre mes envieux doit prendre ma défense :
D'elle-même on verra l'imposture avorter ;
Et je me ferois tort, si j'en pouvois douter.

LA DUCHESSE.

Vous êtes grand, fameux, et jamais la victoire
N'a d'un sujet illustre assuré mieux la gloire ;
Mais plus dans un haut rang la faveur vous a mis,
Plus la crainte de choir vous doit rendre soumis.
Outre qu'avec l'Irlande on vous croit des pratiques,
Vous êtes accusé de révoltes publiques.
Avoir à main armée investi le Palais....

LE COMTE.

O malheur pour l'amour à n'oublier jamais !
Vous épousez le Duc, je l'apprends, et ma flamme
Ne peut vous empêcher de devenir sa femme.
Que ne sus-je plus tôt que vous m'alliez trahir !
En vain on vous auroit ordonné d'obéir !
J'aurois... Mais c'en est fait. Quoi que la Reine pense,
Je tairai les raisons de cette violence.
De mon amour pour vous le mystere éclairci,
Pour combler mes malheurs vous banniroit d'ici.

LA DUCHESSE.

LA DUCHESSE.

Mais vous ne songez pas que la Reine soupçonne
Qu'un complot si hardi regardoit sa Couronne.
Des témoins contre vous, en secret écoutés,
Font pour vrais attentats passer des faussetés ;
Raleg prend leur rapport, et le lâche Cécile....

LE COMTE.

L'un et l'autre eut toujours l'ame basse et servile ;
Mais leur malice en vain conspire mon trépas,
La Reine me connoît, et ne les croira pas.

LA DUCHESSE.

Ne vous y fiez point ; de vos froideurs pour elle
Le chagrin lui tient lieu d'une injure mortelle,
C'est par son ordre exprès qu'on s'informe, s'instruit...

LE COMTE.

L'orage, quel qu'il soit, ne fera que du bruit ;
La menace en est vaine, et trouble peu mon ame.

LA DUCHESSE.

Et si l'on vous arrête ?

LE COMTE.

On n'oseroit, Madame.
Si l'on avoit tenté ce dangereux éclat,
Le coup qui le peut suivre entraîneroit l'Etat.

LA DUCHESSE.

Quoique votre personne à la Reine soit chere,
Gardez en la bravant d'augmenter sa colere.
Elle veut vous parler ; et, si vous l'irritez,
Je ne vous réponds pas de toutes ses bontés.
C'est pour vous avertir de ce qu'il vous faut craindre
Qu'à ce triste entretien j'ai voulu me contraindte.

B

Du trouble de mes sens mon devoir alarmé
Me défend de revoir ce que j'ai trop aimé ;
Mais m'étant fait déja l'effort le plus funeste,
Pour conserver vos jours je dois faire le reste,
Et ne permettre pas....

LE COMTE.

Ah ! pour les conserver
Il étoit un moyen plus facile à trouver.
C'étoit en m'épargnant l'effroyable supplice
Où vous prévoyiez.... Ciel ! quelle est votre injustice!
Vous redoutez ma perte, et ne la craigniez pas
Quand vous avez signé l'arrêt de mon trépas.
Cet amour où mon cœur tout entier s'abandonne....

LA DUCHESSE.

Comte, n'y pensez plus, ma gloire vous l'ordonne,
Le refus d'un hymen par la Reine arrêté,
Eût de notre secret trahi la sûreté.
L'orage est violent : pour calmer sa furie
Contraignez ce grand cœur ; c'est moi qui vous en prie,
Et quand le mien pour vous soupire encor tout bas,
Souvenez-vous de moi, mais ne me voyez pas.
Un penchant si flatteur.... Adieu, je m'embarrasse,
Et Cécile qui vient me fait quitter la place.

(*Elle sort.*)

SCENE III.

CÉCILE, LE COMTE D'ESSEX.

CÉCILE.

La Reine m'a chargé de vous faire savoir
Que vous vous teniez prêt dans une heure à la voir,
Comme votre conduite a pu lui faire naître
Quelques légers soupçons que vous devez connoître,
C'est à vous de penser aux moyens d'obtenir
Que son cœur alarmé consente à les bannir ;
Et je ne doute pas qu'il ne vous soit facile
De rendre à son esprit une assiete tranquille.
Sur quelque impression qu'il ait pu s'émouvoir,
L'innocence auprès d'elle eut toujours tout pouvoir.
Je n'ai pu refuser cet avis à l'estime
Que j'ai pour un Héros qui doit haïr le crime ;
Et me tiendrois heureux que sa sincérité
Contre vos ennemis fît votre sûreté.

LE COMTE.

Ce zele me surprend : il est et noble et rare ;
Et comme à m'accabler peut-être on se prépare ,
Je vois qu'en mon malheur il doit m'être bien doux
De pouvoir espérer un juge tel que vous.
J'en connois la vertu. Mais achevez, de grace,
Vous devez être instruit de tout ce qui se passe,
Ma haine à vos amis étant à redouter,
Quels crimes pour me perdre osent-ils inventer ?

Et près d'être accusé, sur quelles impostures
Ai-je pour y répondre à prendre des mesures ?
Rien ne vous est caché; parlez : je suis discret,...
Et j'ai quelque intérêt à garder le secret.

CÉCILE.

C'est reconnoître mal le zele qui m'engage
A vous donner avis de prévenir l'orage.
Si l'orgueil qui vous porte à des projets trop hauts
Fait parmi vos vertus connoître des défauts,
Ceux qui pour l'Angleterre en redoutent la suite,
Ont droit de condamner votre aveugle conduite :
Quoique leur sentiment soit différent du mien,
Ce sont gens sans reproche et qui ne craignent rien.

LE COMTE.

Ces zélés pour l'Etat ont mérité, sans doute,
Que sans mal juger d'eux la Reine les écoute :
J'y crois de la justice, et qu'enfin il en est
Qui parlant contre moi parlent sans intérêt.
Mais Raleg, mais Coban, mais vous-même, peut-être,
Vous en avez beaucoup à me déclarer traître.
Tant qu'on me laissera dans le poste où je suis,
Vos avares desseins seront toujours détruits.
Je vous empêcherai d'augmenter vos fortunes
Par le redoublement des miseres communes;
Et, le peuple réduit à gémir, endurer,
Trouvera malgré vous peut-être à respirer.

CÉCILE.

Ce que ces derniers jours nous vous avons vu faire
Montre assez qu'en effet vous êtes populaire;

Mais dans quelque haut rang que vous soyez placé,
Souvent le plus heureux s'y trouve renversé,
Ce poste a ses périls.

LE COMTE.

Je l'avoûrai sans feindre,
Comme il est élevé tout m'y paroît à craindre ;
Mais, quoique dangereux pour qui fait un faux pas,
Peut-être encor si-tôt je ne tomberai pas,
Et j'aurai tout loisir, après de longs outrages,
D'apprendre qui je suis à des flatteurs à gages,
Qui me voyant du crime ennemi trop constant,
Ne peuvent s'élever qu'en me précipitant.

CÉCILE.

Sur un avis donné. . . .

LE COMTE.

L'avis m'est favorable ;
Mais comme l'amitié vous rend si charitable,
Depuis quand, et sur quoi vous croyez-vous permis
De penser que le tems ait pu nous rendre amis ?
Est-ce que l'on m'a vu, par d'indignes foiblesses,
Aimer les lâchetés, appuyer des bassesses,
Et prendre le parti de ces hommes sans foi,
Qui de l'art de trahir font leur unique emploi ?

CÉCILE.

Je souffre par raison un discours qui m'outrage ;
Mais, réduit à céder, au moins j'ai l'avantage
Que la Reine, craignant les plus grands attentats,
Vous traite de coupable, et ne m'accuse pas.

B iij

LE COMTE.

Je sais que contre moi vous animez la Reine.
Peut-être à la séduire aurez-vous quelque peine ;
Et quand j'aurai parlé, tel qui noircit ma foi,
Pour obtenir sa grace aura besoin de moi.

(*Il sort.*)

SCENE IV.

CÉCILE, *seul.*

Agissons, il est tems ; c'est trop faire l'esclave :
Perdons un orgueilleux dont le mépris nous brave,
Et ne balançons plus, puisqu'il faut éclater,
A prévenir le coup qu'il cherche à nous porter.

Fin du premier Acte.

ACTE II.

SCENE PREMIERE.

ELISABETH, TILNEY.

ELISABETH.

EN vain tu crois tromper la douleur qui m'accable ;
C'est parce qu'il me hait qu'il s'est rendu coupable ;
Et la belle Suffolc, refusée à ses vœux,
Lui fait joindre le crime au mépris de mes feux.
Pour le justifier, ne dis point qu'il ignore
Jusqu'où va le poison dont l'ardeur me dévore :
Il a trop de ma bouche, il a trop de mes yeux
Appris qu'il est, l'ingrat ! ce que j'aime le mieux.
Quand j'ai blâmé son choix, n'étoit-ce pas lui dire
Que je veux que son cœur pour moi seule soupire ?
Et mes confus regards n'ont-ils pas expliqué
Ce que par mes refus j'avoi déja marqué ?
Oui, de ma passion il sait la violence ;
Mais l'exil de Suffolc l'arme pour sa vengeance :
Au crime pour lui plaire il s'ose abandonner,
Et n'en veut à mes jours que pour la couronner.

TILNEY.

Quelques justes soupçons que vous en puissiez prendre,

J'ai peine contre vous à ne le pas défendre.
L'Etat qu'il a sauvé, sa vertu, son grand cœur,
Sa gloire, ses exploits, tout parle en sa faveur.
Il est vrai qu'à vos yeux Suffolc cause sa peine ;
Mais, Madame, un sujet doit-il aimer sa Reine ?
Et quand l'amour naîtroit, a-t-il à triompher
Où le respect plus fort combat pour l'étouffer ?

ELISABETH.

Ah ! contre la surprise où nous jettent ses charmes,
La Majesté du rang n'a que de foibles armes.
L'amour, par le respect dans un cœur enchaîné,
Devient plus violent, plus il se voit gêné.
Mais le Comte en m'aimant n'auroit eu rien à craindre,
Je lui donnois sujet de ne se point contraindre ;
Et c'est de quoi rougir qu'après tant de bonté
Ses froideurs soient le prix que j'en ai mérité.

TILNEY.

Mais je veux qu'à vous seule, il cherche enfin à plaire ;
De cette passion que faut-il qu'il espere ?

ELISABETH.

Ce qu'il faut qu'il espere ? Et qu'en puis-je espérer
Que la douceur de voir, d'aimer, de soupirer ?...
Triste et bizarre orgueil qui m'ôte à ce que j'aime !
Mon bonheur, mon repos, s'immole au rang suprême ;
Et je mourrois cent fois plutôt que faire un Roi,
Qui dans le trône assis fut au-dessous de moi.
Je sais que c'est beaucoup de vouloir que son ame
Brûle à jamais pour moi d'une inutile flamme,
Qu'aimer sans espérance est un cruel ennui ;
Mais la part que j'y prends doit l'adoucir pour lui ;

Et lorsque par mon rang je suis tyrannisée,
Qu'il le sait, qu'il le voit, la souffrance est aisée.
Qu'il me plaigne, et se plaigne, et content de m'aimer...
Mais que dis-je ? D'une autre il s'est laissé charmer ;
Et tant d'aveuglement suit l'ardeur qui l'entraîne
Que pour la satisfaire il veut perdre sa Reine.
Qu'il craigne cependant de me trop irriter :
Je contrains ma colere à ne pas éclater ;
Mais quelquefois l'amour qu'un long mépris outrage,
Las enfin de souffrir, se convertit en rage,
Et je ne réponds pas...

SCENE II.

LA DUCHESSE, ELISABETH, TILNEY.

ELISABETH.

Eh ! bien, Duchesse, à quoi
Ont pu servir les soins que vous prenez pour moi ?
Avez-vous vu le Comte, et se rend il traitable ?

LA DUCHESSE.

Il fait voir un respect pour vous inviolable,
Et si vos intérêts ont besoin de son bras,
Commandez, le péril ne l'étonnera pas ;
Mais il ne peut souffrir, sans quelque impatience,
Qu'on ose auprès de vous noircir son innocence :
Le crime, l'attentat sont des noms pleins d'horreur
Qui mettent dans son ame une noble fureur.

Il se plaint qu'on l'accuse, et que sa Reine écoute
Ce que des Imposteurs. . .

ELISABETH.

Je lui fais tort, sans doute!
Quand Jusqu'en mon Palais il ose m'assiéger,
Sa révolte n'est rien, je la dois négliger;
Et ce qu'avec l'Irlande il a d'intelligence
Marque dans ses projets la plus haute innocence!
Ciel! faut-il que ce cœur qui se sent déchirer,
Contre un sujet ingrat tremble à se déclarer?
Que ma mort qu'il résout me demandant la sienne,
Une indigne pitié, m'étonne, me retienne,
Et que toujours trop foible, après sa lâcheté,
Je n'ose mettre enfin ma gloire en sûreté?
Si l'amour une fois laisse place à la haine,
Il verra ce que c'est que d'outrager sa Reine;
Il verra ce que c'est que de s'être caché
Cet amour où pour lui mon cœur s'est relâché.
J'ai souffert jusqu'ici: malgré ses injustices,
J'ai toujours contre moi fait parler ses services;
Mais puisque son orgueil va jusqu'aux attentats,
Il faut en l'abaissant étonner les ingrats;
Il faut à l'univers, qui me voit, me contemple,
D'une juste rigueur donner un grand exemple.
Il cherche à m'y contraindre: il le veut; c'est assez.

LA DUCHESSE.

Quoi! pour ses ennemis vous vous intéressez,
Madame? ignorez-vous que l'éclat de sa vie
Contre le rang qu'il tient arme en secret l'envie?
Coupable en apparence. . .

ELISABETH.

    Ah! dites en effet,
Les témoins sont ouïs, son procès est tout fait;
Et si je veux enfin cesser de le défendre,
L'arrêt ne dépend plus que de le faire entendre.
Qu'il y songe, autrement...

LA DUCHESSE.

      Eh! quoi, ne peut-on pas
L'avoir rendu suspect sur de faux attentats?

ELISABETH.

Ah! plût au Ciel!... Mais non, les preuves sont trop
  fortes!
N'a-t-il pas du Palais voulu forcer les portes?
Si le peuple qu'en foule il avoit attiré,
Eût appuyé sa rage, il s'en fût emparé.
Plus de trône pour moi, l'ingrat s'en rendoit maître!

LA DUCHESSE.

On n'est pas criminel toujours pour le paroître.
Mais je veux qu'il le soit; ce cœur de lui charmé
Résoudra-t-il sa mort? Vous l'avez tant aimé!

ELISABETH.

Ah! cachez-moi l'amour qu'alluma trop d'estime;
M'en faire souvenir, c'est redoubler son crime.
A ma honte, il est vrai, je le dois confesser,
Je sentis, j'eus pour lui... Mais que sert d'y penser?
Suffolc me l'a ravi; Suffolc, qu'il me préfere,
Lui demande mon sang: le lâche veut lui plaire!
Ah! pourquoi dans les maux où l'amour m'exposoit
N'ai-je fait que bannir celle qui les causoit?
Il falloit, il falloit à plus de violence

Contre cette rivale enhardir ma vengeance.
Ma douceur a nourri son criminel espoir.

LA DUCHESSE.

Mais cet amour sur elle eut-il quelque pouvoir ?
Vous a-t-elle trahie, et d'une ame infidelle
Excité contre vous....

ELISABETH.

Je souffre tout par elle ;
Elle s'est fait aimer, elle m'a fait haïr,
Et c'est avoir plus fait cent fois que me trahir.

LA DUCHESSE.

Je n'ose m'opposer.... Mais Cécile s'avance.

SCENE III.

CECILE, ELISABETH, LA DUCHESSE, TILNEY.

CÉCILE.

On ne pouvoit user de plus de diligence,
Madame : on a du Comte examiné le seing :
Les écrits sont de lui, nous connoissons sa main.
Sur un secours offert toute l'Irlande est prête
A faire au premier ordre éclater la tempête ;
Et vous verrez dans peu renverser tout l'Etat,
Si vous ne prévenez cet horrible attentat.

ELISABETH, à la Duchesse.

Garderez-vous encor le zele qui l'excuse ?
Vous le voyez....

LA DUCHESSE.

LA DUCHESSE.

Je vois que Cécile l'accuse :
Dans un projet coupable il le fait affermi ;
Mais j'en connois la cause, il est son ennemi.

CÉCILE.

Moi, son ennemi ?

LA DUCHESSE.

Vous.

CÉCILE.

Oui, je le suis des traîtres
Dont l'orgueil téméraire attente sur leurs maîtres ;
Et tant qu'entre mes mains leur salut sera mis,
Je ferai vanité de n'avoir point d'amis.

LA DUCHESSE.

Le Comte cependant n'a pas si peu de gloire
Que vous dussiez si-tôt en perdre la mémoire ;
L'État, pour qui cent fois on vit armer son bras,
Lui doit peut-être assez pour ne l'oublier pas.

CÉCILE.

S'il s'est voulu d'abord montrer sujet fidele,
La Reine a bien payé ce qu'il a fait pour elle ;
Et plus elle estima ses rares qualités,
Plus elle doit punir qui trahit ses bontés.

LA DUCHESSE.

Si le Comte périt, quoi que l'envie en pense,
Le coup qui le perdra punira l'innocence.
Jamais du moindre crime, ...

C

ELISABETH.

Eh ! bien , on le verra.
(*A Cécile.*)
Assemblez le conseil , il en décidera.
Vous attendrez mon ordre.

(*Cécile et Tilney sortent.*)

SCENE IV.

ELISABETH, LA DUCHESSE.

LA DUCHESSE.

AH ! que voulez-vous faire,
Madame ? En croyez-vous toute votre colere ?
Le Comte...

ELISABETH.

Pour ses jours n'ayez aucun souci.
Voici l'heure donnée , il va se rendre ici.
L'amour que j'eus pour lui, le fait son premier juge:
Il peut y rencontrer un assuré réfuge ;
Mais si dans son orgueil il ose persister,
S'il brave cet amour , il doit tout redouter.
Je suis lasse de voir...

SCENE V.

TILNEY, ELISABETH, LA DUCHESSE.

TILNEY.

LE Comte est-là, Madame.
ELISABETH.
Qu'il entre.... Quels combats troublent déja mon ame !
C'est lui de mes bontés qui doit chercher l'appui ,
Le péril le regarde, et je crains plus que lui.

SCENE VI.

LE COMTE D'ESSEX , ELISABETH, LA DUCHESSE,
TILNEY.

ELISABETH.

COMTE, j'ai tout appris , et je vous parle instruite
De l'abîme où vous jette une aveugle conduite ;
J'en sais l'égarement, et par quels intérêts
Vous avez jusqu'au trône élevé vos projets.
Vous voyez qu'en faveur de ma premiere estime ,
Nommant également le plus énorme crime ,
Il ne tiendra qu'à vous que de vos attentats
Votre Reine aujourd'hui ne se souvienne pas.
Pour un si grand effort qu'elle offre de se faire,

C ij

Tout ce qu'elle demande est un aveu sincere.
S'il fait peine à l'orgueil qui vous fit trop oser,
Songez qu'on risque tout à me le refuser,
Que quand trop de bonté fait agir ma clémence,
Qui l'ose dédaigner doit craindre ma vengeance,
Que j'ai la foudre en main pour qui monte trop haut,
Et qu'un mot prononcé vous met sur l'échafaud.

LE COMTE.

Madame, vous pouvez résoudre de ma peine.
Je connois ce que doit un sujet à sa Reine,
Et sais trop que le trône où le Ciel vous fait seoir
Vous donne sur ma vie un absolu pouvoir.
Quoique d'elle par vous la calomnie ordonne,
Elle m'est odieuse, et je vous l'abandonne.
Dans l'état déplorable où sont reduits mes jours,
Ce sera m'obliger que d'en rompre le cours;
Mais ma gloire qu'attaque une lâche imposture,
Sans indignation n'en peut souffrir l'injure.
Elle est assez à moi pour me laisser en droit
De voir avec douleur l'affront qu'elle reçoit.
Si de quelque attentat vous avez à vous plaindre,
Si pour l'Etat tremblant la suite en est à craindre,
C'est à voir des flatteurs s'efforcer aujourd'hui,
En me rendant suspect, d'en abattre l'appui.

ELISABETH.

La fierté qui vous fait étaler vos services
Donne de la vertu d'assez foibles indices;
Et si vous m'en croyez, vous chercherez en moi
Un moyen plus certain. . . .

LE COMTE.

Madame, je le voi,
Des traîtres, des méchans, accoutumés au crime,
M'ont par leurs faussetés arraché votre estime ;
Et toute ma vertu contre leur lâcheté
S'offre en vain pour garant de ma fidélité.
Si de la démentir j'avois été capable,
Sans rien craindre de vous, vous m'auriez vu coupable.
C'est au trône, où peut-être on m'eût laissé monter,
Que je me fusse mis en pouvoir d'éclater.
J'aurois, en m'élevant à ce dégré sublime,
Justifié ma faute en commettant le crime ;
Et la ligue qui cherche à me perdre innocent
N'eût vu mes attentats qu'en les applaudissant.

ELISABETH.

Et n'as-tu pas, perfide ! armant la populace,
Essayé, mais en vain, de te mettre en ma place ?
Mon Palais investi ne te convainc-t-il pas
Du plus grand, du plus noir de tous les attentats ?
Mais dis-moi, car enfin le courroux qui m'anime
Ne peut faire céler ma tendresse à ton crime,
Et si par sa noirceur je tâche à t'étonner,
Je ne te la fais voir que pour te pardonner:
Pourquoi vouloir ma perte, et qu'avoit fait ta Reine,
Qui dût à sa ruine intéresser ta haine ?
Peut-être ai-je pour toi montré quelque rigueur,
Lorsque j'ai mis obstacle au penchant de ton cœur.
Suffolc t'avoit charmé ; mais si tu peux te plaindre
Qu'apprenant cet amour j'ai tâché de l'éteindre,
Songe à quel prix, ingrat ! et par combien d'honneurs

Mon estime a sur toi répandu mes faveurs.
C'est peu dire qu'estime, et tu l'as pu connoître,
Un séntiment plus fort de mon cœur fut le maître,
Tant de Princes, de Rois, de Héros méprisés,
Pour qui, crüel ! pour qui les ai-je refusés ?
Leur hymen eût sans doute acquis à mon Empire
Ce comble de puissance où l'on sait que j'aspire ;
Mais, quoiqu'il m'assurât, ce qui m'ôtoit à toi
Ne pouvoit rien avoir de sensible pour moi.
Ton cœur dont je tenois la conquête si chere,
Etoit l'unique bien capable de me plaire ;
Et si l'orgueil du trône eût pu me le souffrir,
Je t'eusse offert ma main afin de l'acquérir.
Espere, et tâche à vaincre un scrupule de gloire
Qui, combattant mes vœux, s'oppose à ta victoire,
Mérite par tes soins que mon cœur adouci
Consente à n'en plus croire un importun souci ;
Fais qu'à ma passion je m'abandonne entiere,
Que cette Elisabeth si hautaine, si fiere,
Elle à qui l'univers ne sauroit reprocher
Qu'on ait vu son orgueil jamais se relâcher,
Cesse enfin, pour te mettre où son amour t'appelle,
De croire qu'un sujet ne soit pas digne d'elle.
Quelquefois à céder ma fierté se resout ;
Que sais-tu si le tems n'en viendra pas à bout ?
Que sais-tu....

LE COMTE.

Non, Madame, et je puis vous le dire,
L'estime de ma Reine, à mes vœux doit suffire,

Si l'amour la portoit à des projets trop bas,
Je trahirois sa gloire à ne l'empêcher pas.

ELISABETH.

Ah ! je vois trop jusqu'où la tienne se ravale :
Le trône te plairoit, mais avec ma rivale.
Quelque appât qu'ait pour toi l'ardeur qui te séduit ,
Prends-y garde, ta mort en peut être le fruit.

LE COMTE.

En perdant votre appui, je me vois sans défense ;
Mais la mort n'a jamais étonné l'innocence ,
Et si pour contenter quelque ennemi secret ,
Vous souhaitez mon sang , je l'offre sans regret.

ELISABETH.

Va , c'en est fait, il faut contenter ton envie ;
A ton lâche destin j'abandonne ta vie,
Et consens , puisqu'en vain je tâche à te sauver,
Que sans voir.... Tremble, ingrat ! que je n'ose achever!
Ma bonté qui toujours s'obstine à te défendre ,
Pour la dernicre fois cherche à se faire entendre :
Tandis qu'encor pour toi je veux bien l'écouter ,
Le pardon t'est offert , tu le peux accepter ;
Mais si....

LE COMTE.

J'accepterois un pardon , moi, Madame ?

ELISABETH.

Il blesse , je le vois, la fierté de ton ame ;
Mais, s'il te fait souffrir, il falloit prendre soin
D'empêcher que jamais tu n'en eusses besoin ;
Il falloit , ne suivant que de justes maximes ,
Rejetter....

LE COMTE.

Il est vrai, j'ai commis de grands crimes,
Et ce que sur les mers mon bras a fait pour vous
Me rend digne en effet de tou votre courroux.
Vous le savez, Madame, et l'Espagne confuse
Justifie un vainqueur que l'Angleterre accuse.
Ce n'est pas pour vanter mes trop heureux exploits
Qu'à l'éclat qu'ils ont fait j'ose joindre ma voix.
Tout autre, pour sa Reine employant son courage,
En même occasion eût eu même avantage :
Mon bonheur a tout fait, je le crois; mais enfin
Ce bonheur eût ailleurs assuré mon destin :
Ailleurs si l'imposture eut conspiré ma honte,
On n'auroit pas souffert qu'on osât. . . .

ELISABETH.

Eh! bien, Comte,
Il faut faire juger dans la rigueur des loix
La récompense due à ces rares exploits.
Si j'ai mal reconnu vos importans services,
Vos juges n'auront pas les mêmes injustices,
Et vous recevrez d'eux ce qu'auront mérité
Tant de preuves de zele et de fidélité.

(*Elle sort avec Tilney.*)

SCENE VII.

LA DUCHESSE, LE COMTE.

LA DUCHESSE.

AH! Comte, voulez-vous, en dépit de la Reine,
De vos accusateurs servir l'injuste haine,
Et ne voyez-vous pas que vous êtes perdu,
Si vous souffrez l'arrêt qui peut être rendu ?
Quels juges avez-vous pour y trouver asyle ?
Ce sont vos ennemis, c'est Raleg, c'est Cécile,
Et pouvez-vous penser qu'en ce péril pressant
Qui cherche votre mort vous déclare innocent ?

LE COMTE.

Quoi! sans m'intéresser pour ma gloire flétrie,
Je me verrai traiter de traître à ma patrie ?
S'il est dans ma conduite une ombre d'attentat,
Votre hymen fit mon crime, il touche peu l'Etat.
Vous savez là-dessus quelle est mon innocence,
Et ma gloire avec vous étant en assurance,
Ce que mes ennemis en voudront présumer,
Quoi qu'ose leur fureur, ne sauroit m'alarmer.
Leur imposture enfin se verra découverte;
Et tous méchans qu'ils sont, s'ils résolvent ma perte,
Assemblés pour l'arrêt qui doit me condamner,
Ils trembleront peut-être avant que le donner.

LA DUCHESSE.

Si l'éclat qu'au Palais mon hymen vous fit faire

Me faisoit craindre seul un arrêt trop sévere ,
Je pourrois de ce crime affranchir votre foi ,
En déclarant l'amour que vous eûtes pour moi ;
Mais des témoins ouis sur ce qu'avec l'Irlande
On veut que vous ayiez. . . .

LE COMTE.

la faute n'est pas grande ;
Et pourvu que nos feux à la Reine cachés
Laissent à mes jours seuls mes malheurs attachés. . . .

LA DUCHESSE.

Quoi ! vous craignez l'éclat de nos flammes secretes ?
Ce péril vous étonne , et c'est vous qui le faites ?
La Reine , qui se rend sans rien examiner ,
Si vous y consentez , vous veut tout pardonner ;
C'est vous qui réfusant. . . .

LE COMTE.

N'en parlons plus , Madame ;
Qui reçoit un pardon , souffre un soupçon infâme ;
Et j'ai le cœur trop haut pour pouvoir m'abaisser
A l'indigne priere où l'on me veut forcer.

LA DUCHESSE.

Ah ! si de quelque espoir je puis flatter ma peine ,
Je vois bien qu'il le faut mettre tout en la Reine.
Par de nouveaux efforts je veux encor pour vous
Tâcher , malgré vous-même , à vaincre son courroux.
Mais si je n'obtiens rien , songez que votre vie ,
Depuis long-tems en butte aux fureurs de l'envie ,
Me coûte assez déja pour ne mériter pas
Que cherchant à mourir vous causiez mon trépas.
C'est vous en dire trop. Adieu, Comte.

LE COMTE.

Ah! Madame,

Après que vous avez désespéré ma flamme,
Par quels soins de mes jours.... Quoi! me quitter ainsi?

(*La Duchesse sort.*)

SCENE VIII.

CROMMER; LE COMTE, GARDES.

CROMMER.

C'est avec déplaisir que je parois ici ;
Mais un ordre cruel dont tout mon cœur soupire....

LE COMTE.

Quelque fâcheux qu'il soit, vous pouvez me le dire.

CROMMER.

J'ai charge....

LE COMTE.

Eh! bien, de quoi? parlez sans hésiter.

CROMMER.

De prendre votre épée, et de vous arrêter.

LE COMTE.

Mon épée !

CROMMER.

A cet ordre il faut que j'obéisse.

LE COMTE.

Mon épée ! Et l'outrage est joint à l'injustice?

CROMMER.

Ce n'est pas sans raison que vous vous étonnez.
J'obéis à regret ; mais je le dois.

LE COMTE, *lui donnant son épée.*

Prenez.

Vous avez dans vos mains ce que toute la terre
A vu plus d'une fois utile à l'Angleterre.
Marchons ; quelque douleur que j'en puisse sentir,
La Reine veut se perdre, il faut y consentir.

Fin du second Acte.

ACTE III.

ACTE III.

SCENE PREMIERE.

ÉLISABETH, CÉCILE, TILNEY.

ÉLISABETH.

LE Comte est condamné?

CÉCILE.

C'est à regret, Madame,
Qu'on voit son nom terni par un arrêt infâme.
Ses juges l'en ont plaint ; mais tous l'ont, à la fois,
Connu si criminel qu'ils n'ont eu qu'une voix.
Comme pour affoiblir toutes nos procédures,
Ses reproches d'abord m'ont accablé d'injures.
Ravi, s'il se pouvoit, de le favoriser,
J'ai de son jugement voulu me récuser.
La Loi le défendoit, et c'est malgré moi-même
Que j'ai dit mon avis dans le Conseil suprême,
Qui, confus des noirceurs de son lâche attentat,
A cru devoir sa tête au repos de l'Etat.

ÉLISABETH.

Ainsi sa perfidie a paru manifeste?

CÉCILE.

Le coup pour vous, Madame, alloit être funeste.

D

Du Comte de Tyron, de l'Irlandois suivi,
Il en vouloit au trône, et vous l'auroit ravi.

ÉLISABETH.

Ah ! je l'ai trop connu, lorsque la populace
Seconda contre moi son insolente audace !
A m'ôter la couronne il croyoit l'engager !
Quelle excuse à ce crime, et par où s'en purger ?
Qu'a-t-il répondu ?

CÉCILE.

Lui ? qu'il n'avoit rien à dire,
Que pour toute défense il nous devoit suffire
De voir ses grands exploits pour lui s'intéresser,
Et que sur ces témoins on pouvoit prononcer.

ÉLISABETH.

Quel orgueil ! Quoi ! tout prêt à voir lancer la foudre,
Au moindre repentir il ne peut se résoudre ?
Soumis à ma vengeance il brave mon pouvoir ?
Il ose....

CÉCILE.

Sa fierté ne se peut concevoir.
On eût dit, à le voir plein de sa propre estime,
Que ses juges étoient coupables de son crime,
Et qu'ils craignoient de lui, dans ce pas hasardeux,
Ce qu'il avoit l'orgueil de ne pas craindre d'eux.

ÉLISABETH.

Cependant il faudra que cet orgueil s'abaisse.
Il voit, il voit l'état où son crime le laisse ;
Le plus ferme s'ébranle après l'arrêt donné.

CÉCILE.

Un coup si rigoureux ne l'a point étonné,

Comme alors on conserve une inutile audace,
J'ai voulu le réduire à vous demander grace.
Que ne m'a-t-il point dit ? J'en rougis, et me tais.

ÉLISABETH.

Ah ! quoiqu'il la demande, il ne l'aura jamais,
De moi tantôt, sans peine, il l'auroit obtenue ;
J'étois encor pour lui de bonté prévenue,
Je voyois à regret qu'il voulût me forcer
A souhaiter l'arrêt qu'on vient de prononcer.
Mon bras, lent à punir, suspendoit la tempête :
Il me pousse à l'éclat ; il paîra de sa tête.
Donnez bien ordre à tout. Pour empêcher sa mort,
Le peuple qui la craint peut faire quelque effort :
Il s'en est fait aimer ; prévenez ces alarmes.
Dans les lieux les moins sûrs faites prendre les armes.
N'oubliez rien ; allez.

CÉCILE.

Vous connoissez ma foi ?
Je réponds des mutins ; reposez-vous sur moi.

(*Il sort.*)

SCENE II.

ÉLISABETH, TILNEY.

ÉLISABETH, *à part.*

Enfin, perfide! enfin ta perte est résolue!
C'en est fait, malgré moi, toi-même l'as conclue.
De ma lâche pitié tu craignois les effets;
Plus de grace, tes vœux vont être satisfaits.
Ma tendresse emportoit une indigne victoire;
Je l'étouffe. Il est tems d'avoir soin de ma gloire,
Il est tems que mon cœur justement irrité,
Instruise l'univers de toute ma fierté.
Quoi! de ce cœur séduit appuyant l'injustice,
De tes noirs attentats tu l'auras fait complice,
J'en saurai le coup prêt d'éclater, le verrai,
Tu m'auras dédaignée, et je le souffrirai?
Non : puisqu'en moi toujours l'amante te fit peine,
Tu le veux, pour te plaire, il faut paroître Reine,
Et reprendre l'orgueil que j'osois oublier,
Pour permettre à l'amour de te justifier.

TILNEY.

A croire cet orgueil peut être un peu trop prompte,
Vous avez consenti qu'on ait jugé le Comte.
On vient de prononcer l'arrêt de son trépas :
Chacun tremble pour lui ; mais il ne mourra pas,

ÉLISABETH.

Il ne mourra pas! lui? Non, crois-moi, tu t'abuses!
Tu sais son attentat; est-ce que tu l'excuses,
Et que de son arrêt blâmant l'indignité,
Tu crois qu'il soit injuste, ou trop précipité?
Penses-tu, quand l'ingrat contre moi se déclare,
Qu'il n'ait pas mérité la mort qu'on lui prépare,
Et que je venge trop, en le laissant périr,
Ce que par ses dédains l'amour m'a fait souffrir?

TILNEY.

Que cet arrêt soit juste ou donné par l'envie,
Vous l'aimez; cet amour lui sauvera la vie.
Il tient vos jours aux siens si fortement unis
Que par le même coup on les verroit finis.
Votre aveugle colere envain vous le déguise,
Vous pleureriez la mort que vous auriez permise;
Et le sanglant éclat qui suivroit ce courroux
Vengeroit vos malheurs moins sur lui que sur vous.

ÉLISABETH.

Ah! cruelle! pourquoi fais-tu trembler ma haine?
Est-ce une passion indigne d'une Reine?
Et l'amour, qui me veut empêcher de régner,
Ne se lasse-t-il point de se voir dédaigner?
Que me sert qu'au-dehors redoutable ennemie,
Je rende par la paix ma puissance affermie,
Si mon cœur au-dedans, tristement déchiré,
Ne peut jouir du calme où j'ai tant aspiré?
Mon bonheur semble avoir enchaîné la victoire,
J'ai triomphé par-tout, tout parle de ma gloire;
Et d'un sujet ingrat ma pressante bonté

D iij

Ne peut, même en priant, réduire la fierté....
(A part.)
Par son fatal arrêt plus que lui condamnée,
A quoi te résous-tu, Princesse infortunée?
Laisseras-tu périr sans pitié, sans secours,
Le soutien de ta gloire et l'appui de tes jours?

TILNEY.

Ne pouvez-vous pas tout?.... Vous pleurez!

ÉLISABETH.

Oui, je pleure;
Et sens bien que s'il meurt, il faudra que je meure!....
(A part.)
O vous, Rois, que pour lui ma flamme a négligés,
Jettez les yeux sur moi, vous êtes bien vengés!
Une Reine intrépide au milieu des alarmes,
Tremblante pour l'amour, ose verser des larmes!
Encor s'il étoit sûr que ses pleurs répandus,
En me faisant rougir, ne fussent pas perdus,
Que le lâche, pressé du vif remords que donne....
(A Tilney.)
Qu'en penses-tu? dis-moi? Le plus hardi s'étonne:
L'image de la mort dont l'appareil est prêt,
Fait croire tout permis pour en changer l'arrêt.
Réduit à voir sa tête expier son offense,
Doutes-tu qu'il ne veuille implorer ma clémence?
Que sûr que mes bontés passent ses attentats....

TILNEY.

Il doit y recourir; mais s'il ne le fait pas?
Le Comte est fier, Madame.

ÉLISABETH.

Ah ! tu me désesperes !
Quoi qu'osent contre moi ses projets téméraires,
Dût l'Etat par ma chûte en être renversé,
Qu'il fléchisse, il suffit, j'oublirai le passé.
Mais quand, toute attachée à retenir la foudre,
Je frémis de le perdre, et tremble à m'y résoudre,
Si, me bravant toujours, il ose m'y forcer,
Moi, Reine, lui, sujet, puis-je m'en dispenser ?
Sauvons-le, malgré lui. Parle, et fais qu'il te croie.
Vois-le ; mais cache-lui que c'est moi qui t'envoie ;
Et, ménageant ma gloire en t'expliquant pour moi,
Peins-lui mon cœur sensible à ce que je lui doi ;
Fais-lui voir qu'à regret j'abandonne sa tête,
Qu'au plus foible remords sa grace est toute prête ;
Et si pour l'ébranler il faut aller plus loin,
Du soin de mon amour fais ton unique soin.
Laisse, laisse ma gloire, et dis-lui que je l'aime,
Tout coupable qu'il est, cent fois plus que moi-même ;
Qu'il n'a, s'il veut finir mes déplorables jours,
Qu'à souffrir que des siens on arrête le cours.
Presse, prie, offre tout pour fléchir son courage ;
Enfin, si pour ta Reine un vrai zele t'engage,
Par crainte, par amour, par pitié de mon sort,
Obtiens qu'il se pardonne et s'arrache à la mort :
L'empêchant de périr tu m'auras bien servie.
Je ne te dis plus rien ; il y va de ma vie :
Ne perds point de tems, cours, et me laisse écouter
Ce que pour sa défense un ami vient tenter.

(*Tilney sort.*)

SCENE III.

ÉLISABETH, LE COMTE DE SALSBURY.

SALSBURY.

Madame, pardonnez à ma douleur extrême,
Si, paroissant ici pour un autre moi-même,
Tremblant, saisi d'effroi, pour vous, pour vos Etats,
J'ose vous conjurer de ne vous ⸮· dre pas.
Je n'examine point quel peut être le crime ;
Mais si l'arrêt donné vous semble légitime,
Vous le paroîtra-t-il, quand vous daignerez voir
Par un funeste coup quelle tête il fait choir ?
C'est ce fameux Héros dont cent fois la victoire
Par les plus grands exploits a consacré la gloire,
Dont par-tout le destin fut si noble et si beau,
Qu'on livre entre les mains d'un infâme bourreau.
Après qu'à sa valeur, que chacun idolatre,
L'univers avec pompe a servi de théatre,
Pourrez-vous consentir qu'un échafaud dressé
Montre à tous de quel prix il est récompensé ?
Quand je viens vous marquer son mérite et sa peine,
Ce n'est point seulement l'amitié qui m'amene,
C'est l'Etat désolé, c'est votre Cour en pleurs,
Qui perdant son appui tremble de ses malheurs.
Je sais qu'en sa conduite il eut quelque imprudence
Mais le crime toujours ne suit pas l'apparence,

Et dans le rang illustre où ses vertus l'ont mis ,
Estimé de sa Reine , il a des ennemis
Pour lui , pour vous , pour nous , craignez les artifices
De ceux qui de sa mort se rendent les complices.
Songez que la clémence a toujours eu ses droits,
Et qu'elle est la vertu la plus digne des Rois.

É L I S A B E T H.

Comte de Salsbury, j'estime votre zele,
J'aime à vous voir ami généreux et fidele,
Et loue en vous l'ardeur que ce noble intérêt
Vous donne à murmurer d'un équitable arrêt.
J'en sens ainsi que vous une douleur extrême ;
Mais je dois à l'Etat encor plus qu'à moi-même.
Si j'ai laissé du Comte éclaircir le forfait,
C'est lui qui m'a forcée à tout ce que j'ai fait,
Prête à tout oublier , s'il avouoit son crime ,
On le sait, j'ai voulu lui rendre mon estime ;
Ma bonté n'a servi qu'à redoubler l'orgueil
Qui des ambitieux est l'ordinaire écueil.
Des soins qu'il m'a vu prendre à détourner l'orage ,
Quoique sûr d'y périr , il s'est fait un outrage.
Si sa tête me fait raison de sa fierté ,
C'est sa faute, il aura ce qu'il a mérité.

S A L S B U R Y.

Il mérite sans doute une honteuse peine ,
Quand sa fierté combat les bontés de sa Reine,
Si quelque chose en lui vous peut, vous doit blesser,
C'est l'orgueil de ce cœur qu'il ne peut abaisser,
Cet orgueil qu'il veut croire au péril de sa vie ;
Mais pour être trop fier, vous a-t-il moins servie ?

Vous a-t-il moins montré, dans cent et cent combats,
Que pour vous il n'est rien d'impossible à son bras?
Par son sang prodigué, par l'éclat de sa gloire,
Daignez, s'il vous en reste encor quelque mémoire,
Accorder au malheur qui l'accable aujourd'hui,
Le pardon qu'à genoux je demande pour lui.
Songez que si jamais il vous fut nécessaire,
Ce qu'il a déja fait, il peut encor le faire,
Et que nos ennemis, tremblans, désespérés,
N'ont jamais mieux vaincu que quand vous le perdrez.

ÉLISABETH.

Je le perds à regret; mais enfin je suis Reine;
Il est sujet, coupable et digne de sa peine.
L'arrêt est prononcé, Comte, et tout l'univers
Va sur lui, va sur moi tenir les yeux ouverts.
Quand sa seule fierté, dont vous blâmez l'audace,
M'auroit fait souhaiter qu'il m'eût demandé grace,
Si par-là de la mort il a pu s'affranchir,
Dédaignant de le faire, est-ce à moi de fléchir?
Est-ce à moi d'endurer qu'un sujet téméraire,
A d'impuissans éclats réduise ma colere,
Et qu'il puisse, à ma honte, apprendre à l'avenir
Que j'ai connu son crime, et n'osai le punir?

SALSBURY.

On parle de révolte et de ligues secrettes;
Mais, Madame, on se sert de Lettres contrefaites.
Les témoins par Cécile ouis, examinés,
Sont témoins que peut-être on aura subornés.
Le Comte les récuse; et quand je les soupçonne....;

ÉLISABETH.

Le Comte est condamné ; si son arrêt l'étonne,
S'il a pour l'affoiblir quelque chose à tenter,
Qu'il rentre en son devoir, on pourra l'écouter.
Allez ; mon juste orgueil, que son audace irrite,
Peut faire grace encor : faites qu'il la mérite.

(Le Comte de Salisbury sort.)

SCENE IV.

LA DUCHESSE, ÉLISABETH.

ÉLISABETH.

Venez, venez, Duchesse, et plaignez mes ennuis,
Je cherche à pardonner, je le veux, je le puis ;
Et je tremble toujours qu'un obstiné coupable
Lui même contre moi ne soit inexorable....

(A part.)

Ciel ! qui me fis un cœur et si noble et si grand,
Ne le devois-tu pas former indifférent ?
Falloit-il qu'un ingrat, aussi fier que sa Reine,
Me donnant tant d'amour, fût digne de ma haine ?
Où si tu résolvois de m'en laisser trahir,
Pourquoi ne m'as-tu pas permis de le haïr ?....
Si ce funeste arrêt n'ébranle point le Comte,
Je ne puis éviter ou ma perte, ou ma honte.
Je péris par sa mort ; et le voulant sauver,
Le lâche impunément aura su me braver.
Que je suis malheureuse !

LA DUCHESSE.

On est sans doute à plaindre,
Quand on hait la rigueur et qu'on s'y voit contraindre;
Mais si le Comte osoit , tout condamné qu'il est,
Plutôt que son pardon accepter son arrêt,
Au moins de ses desseins , sans le dernier supplice,
La prison vous pourroit....

ÉLISABETH.

Non , je veux qu'il fléchisse;
Il y va de ma gloire , il faut qu'il cede.

LA DUCHESSE.

Hélas!
Je crains qu'à vos bontés il ne se rende pas,
Que', voulant abaisser ce courage invincible,
Vos efforts....

ÉLISABETH.

Ah ! j'en sais un moyen infaillible.
Rien n'égale en horreur ce que j'en souffrirai !
C'est le plus grand des maux ! peut-être j'en mourrai;
Mais si toujours d'orgueil son audace est suivie,
Il faudra le sauver aux dépens de ma vie :

(A part.)

M'y voilà résolue.... O vœux mal exaucés !
O mon cœur, est-ce ainsi que vous me trahissez ?

LA DUCHESSE.

Votre pouvoir est grand ; mais je connois le Comte,
Il voudra....

ÉLISABETH.

Je ne puis le vaincre qu'à ma honte,
Je le sais ; mais enfin je vaincrai sans effort,
Et vous allez vous-même en demeurer d'accord.

Il

Il adore Suffolc; c'est elle qui l'engage
A lui faire raison d'un exil qui l'outrage.
Quoi que coûte à mon cœur ce funeste dessein,
Je veux, je souffrirai qu'il lui donne la main;
Et l'ingrat qui m'oppose une fierté rebelle,
Sûr enfin d'être heureux, voudra vivre pour elle.

LA DUCHESSE.

Si par-là seulement vous croyez le toucher,
Apprenez un secret qu'il ne faut plus cacher.
De l'amour de Suffolc vainement alarmée,
Vous la punîtes trop, il ne l'a point aimée;
C'est moi seule, ce sont mes criminels appas
Qui surprirent son cœur, que je n'attaquois pas.
Par devoir, par respect, j'eus beau vouloir éteindre
Un feu dont vous deviez avoir tant à vous plaindre:
Confuse de ses vœux, j'eus beau lui résister,
Comme l'amour se flatte, il voulut se flatter.
Il crut que la pitié pourroit tout sur votre ame,
Que le tems vous rendroit favorable à sa flamme;
Et quoiqu'enfin pour lui Suffolc fût sans appas,
Il feignit de l'aimer, pour ne m'exposer pas.
Son exil étonna son amour téméraire;
Mais si mon intérêt le força de se taire,
Son cœur, dont la contrainte irritoit les desirs,
Ne m'en donna pas moins ses plus ardens soupirs.
Par moi qui l'usurpai vous en fûtes bannie,
Je vous nuisis, Madame, et je m'en suis punie.
Pour vous rendre les vœux que j'osois détourner,
On demanda ma main; je la voulus donner.
Eloigné de la Cour, il sut cette nouvelle:

Il revient furieux, rend le peuple rebelle,
S'en fait suivre au Palais dans le moment fatal
Que l'hymen me livroit au pouvoir d'un rival.
Il venoit l'empêcher, et c'est ce qu'il vous cache.
Voilà par où le crime à sa gloire s'attache;
On traite de révolte un fier emportement,
Pardonnable, peut-être, aux ennuis d'un amant.
S'il semble un attentat, s'il en a l'apparence,
L'aveu que je vous fais prouve son innocence.
Enfin, Madame, enfin, par tout ce qui jamais
Put surprendre, toucher, enflammer vos souhaits,
Par les plus tendres vœux dont vous fûtes capable,
Par lui-même, pour vous l'objet le plus aimable,
Sur des témoins suspects, qui n'ont pu l'étonner,
Ses juges à la mort l'ont osé condamner.
Accordez-moi ses jours pour prix du sacrifice
Qui m'arrachant à lui vous a rendu justice.
Mon cœur en souffre assez pour mériter de vous,
Contre un si cher coupable un peu moins de courroux.

ÉLISABETH.

Ai-je bien entendu? Le perfide vous aime,
Me dédaigne, me brave, et, contraire à moi-même,
Je vous assurerois, en l'osant secourir,
La douceur d'être aimée, et de me voir souffrir?
Non, il faut qu'il périsse, et que je sois vengée.
Je dois ce coup funeste à ma flamme outragée,
Il a trop mérité l'arrêt qui le punit :
Innocent ou coupable, il vous aime; il suffit,
S'il n'a point de vrai crime, ainsi qu'on le veut croire,
Sur le crime apparent je sauverai ma gloire;

Et la raison d'Etat en le privant du jour
Servira de prétexte à la raison d'amour.

LA DUCHESSE.

Juste ciel ! vous pourriez vous immoler sa vie !
Je ne me repens point de vous avoir servie ;
Mais, hélas ! qu'ai-je pu faire plus contre moi
Pour le rendre à sa Reine et rejetter sa foi ?
Tout parloit, m'assuroit de son amour extrême ;
Pour mieux me l'arracher qu'auriez-vous fait vous-
     même ?

ÉLISABETH.

Moins que vous. Pour lui seul, quoi qu'il fût arrivé ;
Toujours tout mon amour se seroit conservé.
En vain de moi tout autre eût eu l'ame charmée,
Point d'hymen. Mais enfin je ne suis point aimée,
Mon cœur de ses dédains ne peut venir à bout,
Et, dans ce désespoir, qui peut tout ose tout.

LA DUCHESSE.

Ah ! faites-lui paroître un cœur plus magnanime ;
Ma sévere vertu lui doit-elle être un crime ?
Et l'aide qu'à vos feux j'ai cru devoir offrir,
Vous le fait-elle voir plus digne de périr ?

ÉLISABETH.

J'ai tort, je le confesse ; et, quoique je m'emporte,
Je sens que ma tendresse est toujours la plus forte.

(A part.)

Ciel, qui me réservez à des malheurs sans fin,
Il ne manquoit donc plus à mon cruel destin
Que de ne souffrir pas dans cette ardeur fatale
Que je fusse en pouvoir de haïr ma rivale !

E ij

Ah ! que de la vertu les charmes sont puissans !....

(*A la Duchesse.*)

Duchesse, c'en est fait, qu'il vive, j'y consens.
Par un même intérêt vous craignez et je tremble :
Pour lui, contre lui-même, unissons-nous ensemble :
Tirons-le du péril qui ne peut l'alarmer,
Toutes deux pour le voir, toutes deux pour l'aimer.
Un prix bien inégal nous en paîra la peine :
Vous aurez tout son cœur, je n'aurai que sa haine ;
Mais n'importe, il vivra.... Son crime est pardonné :
Je m'oppose à sa mort.... Mais l'arrêt est donné ;
L'Angleterre le sait, la terre toute entiere
D'une juste surprise en fera la matiere.
Ma gloire, dont toujours il s'est rendu l'appui,
Veut qu'il demande grace ; obtenez-le de lui.
Vous avez sur son cœur une entiere puissance,
Allez ; pour le soumettre, usez de violence :
Sauvez-le, sauvez-moi.... Dans le trouble où je suis,
M'en reposer sur vous est tout ce que je puis.

Fin du troisieme Acte.

ACTE IV.

SCENE PREMIERE.

LE COMTE D'ESSEX, TILNEY.

LE COMTE.

JE dois beaucoup, sans doute, au souci qui t'amene;
Mais enfin tu pouvois t'épargner cette peine.
Si l'arrêt qui me perd te semble à redouter,
J'aime mieux le souffrir que de le mériter.

TILNEY.

De cette fermeté souffrez que je vous blâme.
Quoique la mort jamais n'ébranle une grande ame,
Quand il nous la faut voir, par des arrêts sanglans,
Dans son triste appareil approcher à pas lents....

LE COMTE.

Je ne le cele point, je croyois que la Reine
A me sacrifier dût avoir quelque peine.
Entrant dans le Palais, sans peur d'être arrêté,
J'en faisois pour ma vie un lieu de sûreté.
Non qu'enfin si mon sang a tant de quoi lui plaire,
Je voie avec regret qu'on l'ose satisfaire;
Mais pour verser ce sang tant de fois répandu,
Peut-être un échaffaud ne m'étoit-il pas dû.

E iij

Pour elle il fut le prix de plus d'une victoire :
Elle veut l'oublier ; j'ai regret à sa gloire,
J'ai regret qu'aveuglée elle attire sur soi
La honte qu'elle croit faire tomber sur moi.
Le Ciel m'en est témoin, jamais sujet fidele
N'eût pour sa Souveraine un cœur si plein de zele.
Je l'ai fait éclater en cent et cent combats :
On aura beau le taire, ils ne le tairont pas.
Si j'ai fait mon devoir quand je l'ai bien servie,
Du moins je méritois qu'elle eût soin de ma vie.
Pour la voir contre moi si fiérement s'armer ,
Le crime n'est pas grand de n'avoir pu l'aimer.
Le penchant fut toujours un mal inévitable ,
S'il entraîne le cœur, le sort en est coupable ,
Et toute autre , oubliant un si léger chagrin,
Ne m'auroit pas puni des fautes du destin.

TILNEY.

Vos froideurs, je l'avoue, ont irrité la Reine ;
Mais daignez l'adoucir, et sa colere est vaine.
Pour trop croire un orgueil dont l'éclat lui déplaît ,
C'est vous-même, c'est vous qui donnez votre arrêt.
Par vous, dit-on, l'Irlande à l'attentat s'anime :
Que le crime soit faux , il est connu pour crime ;
Et quand pour vous sauver elle vous tend les bras,
Sa gloire veut au moins que vous fassiez un pas,
Que vous......

LE COMTE.

Ah ! s'il est vrai qu'elle songe à sa gloire,
Pour garantir son nom d'une tache trop noire ,
Il est d'autres moyens , où l'équité consent,

Que de se relâcher à perdre un innocent.
On ose m'accuser ; que sa colere accable
Des témoins subornés, qui me rendent coupable]
Cécile les entend et les a suscités,
Raleg leur a fourni toutes leurs faussetés.
Que Raleg, que Cécile, et ceux qui leur ressemblent,
Ces infâmes sous qui tous les gens de bien tremblent,
Par la main d'un bourreau, comme ils l'ont mérité,
Lavent dans leur vil sang leur infidélité.
Alors, en répandant ce sang vraiment coupable,
La Reine aura fait rendre un arrêt équitable ;
Alors de sa rigueur le foudroyant éclat,
Affermissant sa gloire, aura sauvé l'Etat.
Mais sur moi, qui maintiens la grandeur souveraine,
Du crime des méchans faire tomber la peine,
Souffrir que contre moi des écrits contrefaits....
Non, la postérité ne le croira jamais ;
jamais on ne pourra se mettre en la pensée.
Que de ce qu'on me doit la mémoire effacée
Ait laissé l'imposture en pouvoir d'accabler....
Mais la Reine le voit, et le voit sans trembler ;
Le péril de l'Etat n'a rien qui l'inquiéte :
Je dois être content, puisqu'elle est satisfaite,
Et ne point m'ébranler d'un indigne trépas
Qui lui coûte sa gloire, et ne l'étonne pas.

TILNEY.

Et ne l'étonne pas ! elle s'en désespere,
Blâme votre rigueur, condamne sa colere ;
Pour rendre à son esprit le calme qu'elle attend,
Un mot à prononcer vous coûteroit-il tant ?

LE COMTE.

Je crois que de ma mort le coup lui sera rude,
Qu'elle s'accusera d'un peu d'ingratitude.
Je n'ai pas, on le sait, mérité mes malheurs;
Mais le tems adoucit les plus vives douleurs.
De ses tristes remords, si ma perte est suivie,
Elle souffriroit plus à me laisser la vie.
Foible à vaincre ce cœur qui lui devient suspect,
Je ne pourrois pour elle avoir que du respect;
Tout rempli de l'objet qui s'en est rendu maître,
Si je suis criminel, je voudrois toujours l'être;
Et sans doute il est mieux qu'en me privant du jour,
Sa haine quoiqu'injuste éteigne son amour.

TILNEY.

Quoi ! je n'obtiendrai rien ?

LE COMTE.

         Tu redoubles ma peine;
C'est assez.

TILNEY.

    Mais enfin que dirai-je à la Reine ?

LE COMTE.

Qu'on vient de m'avertir que l'échafaud est prêt,
Qu'on doit dans un moment exécuter l'arrêt,
Et qu'innocent d'ailleurs, je tiens cette mort chere
Qui me fera bientôt cesser de lui déplaire.

TILNEY.

Je vais la retrouver; mais, encore une fois,
Par ce que vous devez....

LE COMTE.

        Je sais ce que je dois.

Adieu. Puisque ma gloire à ton zèle s'oppose,
De mes derniers momens souffre que je dispose:
Il m'en reste assez peu pour me laisser au moins
La triste liberté d'en jouir sans témoins.

(*Tilney sort.*)

SCENE II.

LE COMTE, *seul.*

O fortune, ô grandeur, dont l'amorce flatteuse
Surprend, touche, éblouit une ame ambitieuse,
De tant d'honneurs reçus c'est donc-là tout le fruit?
Un long-tems les amasse, un moment les détruit?
Tout ce que le destin le plus digne d'envie
Peut attacher de gloire à la plus belle vie,
J'ai pu me le promettre, et, pour le mériter,
Il n'est projet si haut qu'on ne m'ait vu tenter;
Cependant aujourd'hui, se peut-il qu'on le croie,
C'est sur un échaffaud que la Reine m'envoie:
C'est-là qu'aux yeux de tous m'imputant des forfaits...

SCENE III.

SALSBURY, LE COMTE.

LE COMTE.

EH ! bien, de ma faveur vous voyez les effets !
Ce fier Comte d'Essex dont la haute fortune
Attiroit de flatteurs une foule importune,
Qui vit de son bonheur tout l'univers jaloux,
Abattu, condamné, le reconnoissez-vous !
Des lâches, des méchans, victime infortunée,
J'ai bien en un moment changé de destinée !
Tout passe ; et qui m'eût dit, après ce qu'on m'a vu ;
Que je l'eusse éprouvé, je ne l'aurois pas cru.

SALSBURY.

Quoique vous éprouviez que tout change, tout passe,
Rien ne change pour vous, si vous vous faites grace.
Je viens de voir la Reine, et ce qu'elle m'a dit
Montre assez que pour vous l'amour toujours agit ;
Votre seule fierté, qu'elle voudroit abattre
S'oppose à ses bontés, s'obstine à les combattre.
Contraignez-vous ; un mot qui marque un cœur soumis
Vous va mettre au-dessus de tous vos ennemis.

LE COMTE.

Quoi ! quand leur imposture indignement m'accable ;
Pour les justifier je me rendrai coupable,
Et par mon lâche aveu, l'univers étonné
Apprendra qu'ils m'auront justement condamné ?

SALSBURY.

En lui parlant pour vous, j'ai peint votre innocence;
Mais enfin elle cherche une aide à sa clémence.
C'est votre Reine, et quand pour fléchir son courroux
Elle ne veut qu'un mot, le refuserez-vous.

LE COMTE.

Oui, puisqu'enfin ce mot rendroit ma honte extrême.
J'ai vécu glorieux, et je mourrai de même,
Toujours inébranlable, et dédaignant toujours
De mériter l'arrêt qui va finir mes jours.

SALSBURY.

Vous mourrez glorieux! ah Ciel! pouvez-vous croire
Que sur un échaffaud vous sauviez votre gloire?
Qu'il ne soit pas honteux à qui s'est vu si haut?

LE COMTE.

Le crime fait la honte, et non pas l'échaffaud;
Ou si dans mon arrêt quelque infamie éclate,
Elle est, lorsque je meurs, pour une Reine ingrate,
Qui, voulant oublier cent preuves de ma foi,
Ne mérita jamais un sujet tel que moi.
Mais la mort m'étant plus à souhaiter qu'à craindre,
Sa rigueur me fait grace, et j'ai tort de m'en plaindre.
Après avoir perdu ce que j'aimois le mieux,
Confus, désespéré, le jour m'est odieux.
A quoi me serviroit cette vie importune
Qu'à m'en faire toujours mieux sentir l'infortune?
Pour la seule Duchesse il m'auroit été doux
De passer.... Mais hélas! un autre est son époux,
Un autre dont l'amour moins tendre, moins fidele....
Mais elle doit savoir mon malheur, qu'en dit-elle?

Me flattai-je en croyant qu'un reste d'amitié
Lui fera de mon sort prendre quelque pitié ?
Privé de son amour, pour moi si plein de charmes,
Je voudrois bien du moins avoir part à ses larmes.
Cette austere vertu qui soutient son devoir,
Semble à mes tristes vœux en défendre l'espoir :
Cependant contre moi quoi qu'elle ose entreprendre,
Je le paye assez cher pour y pouvoir prétendre ;
Et l'on peut, sans se faire un trop honteux effort,
Pleurer un malheureux dont on cause la mort !

SALSBURY.

Quoi ! ce parfait amour, cette pure tendresse
Qui vous fit si long-tems vivre pour la Duchesse,
Quand vous pouvez prévoir ce qu'elle en doit souffrir,
Ne vous arrache point ce dessein de mourir ?
Pour vous avoir aimé, voyez ce que lui coûte
Le cruel sacrifice.....

LE COMTE.

                    Elle m'aima, sans doute ;
Et sans la Reine, hélas ! j'ai lieu de présumer
Qu'elle eût fait à jamais son bonheur de m'aimer.
Tout ce qu'un bel objet d'un cœur vraiment fidele
Peut attendre d'amour, je le sentis pour elle ;
Et peut-être mes soins, ma constance, ma foi
Méritelent les soupirs qu'elle a perdus pour moi.
Nulle félicité n'eût égalé la nôtre !
Le Ciel y met obstacle, elle vit pour un autre ;
Un autre a tout le bien que je crus acquérir,
L'hymen le rend heureux : c'est à moi de mourir.

SALSBURY.

SALSBURY.

Ah ! si , pour satisfaire à cette injuste envie,
Il vous doit être doux d'abandonner la vie ,
Perdez-la; mais au moins que ce soit en Héros !
Allez de votre sang faire rougir les flots ,
Allez dans les combats où l'honneur vous appelle;
Cherchez , suivez la gloire, et périssez pour elle.
C'est-là qu'à vos pareils il est beau d'affronter
Ce qu'ailleurs le plus ferme a lieu de redouter.

LE COMTE.

Quand contre un monde entier armé pour ma défaite
J'irois seul défier la mort que je souhaite ,
Vers elle j'aurois beau m'avancer sans effroi ,
Je suis si malheureux qu'elle fuiroit de moi.
Puisqu'ici sûrement elle m'offre son aide ,
Pourquoi de mes malheurs différer le remede ?
Pourquoi, lâche et timide, arrêtant le courroux....

SCENE IV.

LA DUCHESSE, Suite de la Duchesse, LE COMTE à
SALSBURY.

SALSBURY.

Venez, venez, Madame, on a besoin de vous.
Le Comte veut périr, raison, justice, gloire,
Amitié, rien ne peut l'obliger à me croire.
Contre son désespoir si vous vous déclarez,

F

Il cédera sans doute et vous triompherez :
Désarmez sa fierté, la victoire est facile.
Accablé d'un arrêt qu'il peut rendre inutile,
Je vous laisse avec lui prendre soin de ses jours,
Et cours voir s'il n'est point ailleurs d'autres secours.

(Il sort.)

SCENE V.

LE COMTE, LA DUCHESSE, Suite de la Duchesse.

LE COMTE.

Quelle gloire, Madame, et combien doit l'envie
Se plaindre du bonheur des restes de ma vie,
Puisqu'avant que je meure on me souffre en ce lieu
La douceur de vous voir et de vous dire adieu !
Le destin qui m'abat n'eût osé me poursuivre,
Si le Ciel m'eût pour vous rendu digne de vivre.
Ce malheur me fait seul mériter le trépas :
Il en donne l'arrêt; je n'en murmure pas.
Je cours l'exécuter, quelque dur qu'il puisse être,
Trop content si ma mort vous fait assez connoître
Que jusques à ce jour jamais cœur enflammé
N'avoit, en se donnant, si fortement aimé.

LA DUCHESSE.

Si cet amour fut tel que je l'ai voulu croire,
Je le connoîtrai mieux, quand, tout à votre gloire,
Dérobant votre tête à vos persécuteurs,

Vous vivrez redoutable à d'infâmes flatteurs.
C'est par le souvenir d'une ardeur si parfaite,
Que tremblant des périls où mon malheur vous jette,
J'ose vous demander, dans un si juste effroi,
Que vous sauviez des jours que j'ai comptés à moi....
Douceur trop peu goûtée, et pour jamais finie !
J'en faisois vanité, le Ciel m'en a punie.
Sa rigueur s'étudie assez à m'accabler,
Sans que la vôtre encor cherche à la redoubler.

LE COMTE.

De mes jours, il est vrai, l'excès de ma tendresse,
En vous les consacrant, vous rendit la maîtresse ;
Je vous donnai sur eux un pouvoir absolu,
Et vous l'auriez encor si vous l'aviez voulu.
Mais, dans une disgrace. en mille maux fertile,
Qu'ai-je affaire d'un bien qui vous est inutile ?
Qu'ai-je affaire d'un bien que le choix d'un époux
Ne vous laissera plus regarder comme à vous ?
Je l'aimois pour vous seule, et votre hymen funeste,
Pour prolonger ma vie, en a détruit le reste.
Ah ! Madame, quel coup ! Si je ne puis souffrir,
L'injurieux pardon qu'on s'obstine à m'offrir,
Ne dites point, hélas ! que j'ai l'ame trop fiere :
Vous m'avez à la mort condamné la premiere,
Et refusant ma grace, amant infortuné,
J'exécute l'arrêt que vous avez donné.

LA DUCHESSE.

Cruel ! est-ce donc peu qu'à moi-même arrachée,
A vos seuls intérêts je me sois attachée,
Pour voir jusqu'où sur moi s'étend votre pouvoir,

Voulez-vous triompher encor de mon devoir ;
Il chancele, et je sens qu'en ses rudes alarmes,
Il ne peut mettre obstacle à de honteuses larmes,
Qui de mes tristes yeux s'apprêtant à couler
Auront pour vous fléchir plus de force à parler.
Quoiqu'elles soient l'effet d'un sentiment trop tendre,
Si vous en profitez, je veux bien les répandre.
Par ces pleurs que peut-être en ce funeste jour,
Je donne à la pitié beaucoup moins qu'à l'amour,
Par ce cœur pénétré de tout ce que la crainte
Pour l'objet le plus cher y peut porter d'atteinte,
Enfin par ces sermens tant de fois répétés,
- De suivre aveuglément toutes mes volontés,
Sauvez-vous, sauvez-moi du coup qui me menace,
Si vous êtes soumis, la Reine vous fait grace ;
Sa bonté, qu'elle est prête à vous faire éprouver,
Ne veut....

LE COMTE.

Ah ! qui vous perd n'a rien à conserver.
Si vous aviez flatté l'espoir qui m'abandonne,
Si n'étant point à moi, vous n'étiez à personne,
Et qu'au moins votre amour, moins cruel à mes feux,
M'eût épargné l'horreur de voir un autre heureux,
Pour vous garder ce cœur où vous seule avez place,
Cent fois, quoiqu'innocent, j'aurois demandé grace ;
Mais vivre, et voir sans cesse un rival odieux....
Ah ! Madame, à ce nom je deviens furieux ;
De quelque emportement si ma rage est suivie,
Il peut être permis à qui sort de la vie.

LA DUCHESSE.

Vous sortez de la vie ? Ah ! si ce n'est pour vous,
Vivez pour vos amis, pour la Reine, pour tous ;
Vivez pour m'affranchir d'un péril qui m'étonne :
Si c'est peu de prier, je le veux, je l'ordonne.

LE COMTE.

Cessez en l'ordonnant, cessez de vous trahir :
Vous m'estimeriez moins, si j'osois obéir.
Je n'ai pas mérité le revers qui m'accable ;
Mais je meurs innocent, et je vivrois coupable.
Toujours plein d'un amour dont sans cesse en tous lieux
Le triste accablement paroîtroit à vos yeux,
Je tâcherois d'ôter votre cœur, vos tendresses
A l'heureux.... Mais pourquoi ces indignes foiblesses ?
Voyons, voyons, Madame, accomplir sans effroi
Les ordres que le Ciel a donnés contre moi...
S'il souffre qu'on m'immole aux fureurs de l'envie,
Du moins il ne peut voir des taches dans ma vie.
Tout le tems qu'à mes jours il avoit destiné,
C'est vous et mon pays à qui je l'ai donné.
Votre hymen, des malheurs pour moi le plus insigne,
M'a fait voir que de vous je n'ai pas été digne,
Que j'eus tort quand j'osai prétendre à votre foi ;
Et mon ingrat pays est indigne de moi.
J'ai prodigué pour lui cette vie ; Il me l'ôte :
Un jour peut-être, un jour il connoîtra sa faute ;
Il verra par les maux qu'on lui fera souffrir....

SCENE VI.

CROMMER, GARDES, LE COMTE, LA DUCHESSE,
Suite de la Duchesse.

LE COMTE.

MAIS, Madame, il est tems que je songe à mourir :
On s'avance, et je vois sur ces tristes visages
De ce qu'on veut de moi de pressans témoignages.
Partons, me voilà prêt.... Adieu, Madame ; il faut
Pour contenter la Reine aller sur l'échafaud.

LA DUCHESSE.

Sur l'échafaud ? Ah ! Ciel ! quoi ! pour toucher votre
  ame,

(A une de ses femmes.)

La pitié.... Soutiens-moi....

LE COMTE.

Vous me plaignez, Madame,
Veuille le juste Ciel, pour prix de vos bontés,
Vous combler et de gloire et de prospérités,
Et répandre sur vous tout l'éclat qu'à ma vie
Par un arrêt honteux ôte aujourd'hui l'envie.
(Aux Gardes.)   (A la suite de la Duchesse.)
Avancez, je vous suis.... Prenez soin de ses jours ;
L'état où je la laisse a besoin de secours.

Fin du quatrieme Acte.

ACTE V.

SCENE PREMIERE.

ÉLISABETH, TILNEY.

ÉLISABETH.

L'APPROCHE de la mort n'a rien qui l'intimide ?
Prêt à sentir le coup , il demeure intrépide ?
Et l'ingrat , dédaignant mes bontés pour appui,
Peut ne s'étonner pas , quand je tremble pour lui !
Ciel !.... Mais en lui parlant, as-tu bien su lui peindre
Et tout ce que je puis et tout ce qu'il doit craindre ?
Sait-il quels durs ennuis mon triste cœur ressent ?
Que dit-il ?

TILNEY.

Que toujours il vécut innocent,
Et que si l'imposture a pu se faire croire ,
Il aime mieux périr que de trahir sa gloire.

ÉLISABETH.

Aux dépens de la mienne il veut , le lâche ! il veut
Montrer que sur sa Reine il connoît ce qu'il peut,
De cent crimes nouveaux fût sa fierté suivie,
Il sait que mon amour prendra soin de sa vie.
Pour vaincre son orgueil , prompte à tout employer,

Jusques sur l'échafaud je voulois l'envoyer,
Pour dernière espérance essayer le remede;
Mais la honte est trop forte, il vaut mieux que je cede,
Que sur moi, sur ma gloire un changement si prompt
D'un arrêt mal donné fasse tomber l'affront.
Cependant quand pour lui j'agis contre moi-même,
Pour qui le conserver ? pour la Duchesse ? il l'aime !

TILNEY.

La Duchesse ?

ÉLISABETH.

Oui, Suffolc fut un nom emprunté,
Pour cacher un amour qui n'a point éclaté.
La Duchesse l'aima, mais sans m'être infidelle;
Son hymen l'a fait voir, je ne me plains point d'elle.
Ce fut pour l'empêcher que, courant au Palais,
Jusques à la révolte il poussa ses projets.
Quoique l'emportement ne fût pas légitime,
L'ardeur de s'élever n'eut point de part au crime;
Et l'Irlandois par lui, dit-on, favorisé,
L'a pu rendre suspect d'un accord supposé.
Il a des ennemis, l'imposture a ses ruses,

(A part.)

Et quelquefois l'envie.... Ah! foible, tu l'excuses ?
Quand aucun attentat n'auroit noirci sa foi,
Qu'il seroit innocent, peut-il l'être pour toi ?
N'est-il pas, n'est-il pas ce sujet téméraire
Qui, faisant son malheur d'avoir trop su te plaire,
S'obstine à préférer une honteuse fin
Aux honneurs dont ta flamme eût comblé son destin ?
C'en est trop, puisqu'il aime à périr, qu'il périsse.

SCENE II.

LA DUCHESSE, ÉLISABETH, TILNEY.

LA DUCHESSE.

AH! grace pour le Comte, on le mene au supplice.

ELISABETH.

Au supplice ?

LA DUCHESSE.

Oui, Madame, et je crains bien, hélas !
Que ce moment ne soit celui de son trépas.

ELISABETH, à *Tilney*.

Qu'on l'empêche, cours, vole, et fais qu'on le ramene,
Je veux, je veux qu'il vive !

(*Tilney sort.*)

SCENE III.

ELISABETH, LA DUCHESSE.

ELISABETH, à part.

ENFIN, superbe Reine,
Son invincible orgueil te réduit à céder ;
Sans qu'il demande rien tu veux tout accorder,
Il vivra, sans qu'il doive à la même prieo

Ces jours qu'il n'emploîra qu'à te rendre moins fiere,
Qu'à te faire mieux voir l'indigne abaissement
Où te porte un amour, qu'il brave impunément.
Tu n'es plus cette Reine autrefois grande, auguste ;
Ton cœur s'est fait esclave ; obéis , il est juste....

(*A la Duchesse.*)

Cessez de soupirer, Duchesse, je me rends :
Mes bontés de ses jours vous sont de sûrs garants.
C'est fait , je lui pardonne.

LA DUCHESSE.

Ah ! que je crains, Madame,
Que son malheur trop tard n'ait attendri votre ame !
Une secrete horreur me le fait pressentir.
J'étois dans la prison d'où je l'ai vu sortir :
La douleur, qui des sens m'avoit ôté l'usage,
M'a du tems près de vous fait perdre l'avantage ;
Et ce qui doit sur-tout augmenter mon souci ,
J'ai rencontré Coban à quelques pas d'ici.
De votre cabinet , quand je me suis montrée,
Il a presque voulu me défendre l'entrée.
Sans doute, il n'étoit-là qu'afin de détourner
Les avis qu'il a craint qu'on ne vous vînt donner.
Il hait le Comte, et prete au parti qui l'accable
Contre ce malheureux un secours redoutable.
On vous aura surprise ; et tel est de mon sort...

ELISABETH.

Ah ! si ses ennemis avoient hâté sa mort,
Il n'est ressentiment, ni vengeance assez prompte
Qui me pût.....

SCENE VII.

CÉCILE, ELISABETH, LA DUCHESSE.

ELISABETH.

Approchez ; qu'avez-vous fait du Comte ?
On le mene à la mort, m'a-t-on dit.

CÉCILE.

Son trépas
Importe à votre gloire, ainsi qu'à vos états;
Et l'on ne peut trop tôt prévenir par sa peine
Ceux qu'un appui si fort à la révolte entraîne.

ÉLISABETH.

Ah ! Je commence à voir que mon seul intérêt
N'a pas fait l'équité de ce cruel arrêt !
Quoi ! l'on sait que, tremblante à souffrir qu'on le donne,
Je ne veux qu'éprouver si sa fierté s'étonne ;
C'est moi sur cet arrêt que l'on doit consulter,
Et sans que je le signe, on l'ose exécuter.
Je viens d'envoyer l'ordre afin que l'on arrête....
S'il arrive trop tard, on paîra de sa tête ;
Et de l'injure faite à ma gloire, à l'Etat,
D'autre sang, mais plus vil, expira l'attentat.

CÉCILE.

Cette perte pour vous sera d'abord amere ;
Mais vous verrez bientôt qu'elle étoit néceffaire.

ELISABETH.

Qu'elle étoit nécessaire ! Otez-vous de mes yeux ;
Lâche ! dont j'ai trop cru l'avis pernicieux.
La douleur où je suis ne peut plus se contraindre ;
Le Comte par sa mort vous laisse tout à craindre ;
Tremblez pour votre sang, si l'on répand le sien !

CÉCILE.

Ayant fait mon devoir, je puis ne craindre rien,
Madame ; et quand le tems vous aura fait connoître
Qu'en punissant le Comte on n'a puni qu'un traître,
Qu'un sujet infidele....

ELISABETH.

      Il l'étoit moins que toi,
Qui t'armant contre lui t'es armé contre moi !
J'ouvre trop tard les yeux pour voir ton entreprise ;
Tu m'as par tes conseils honteusement surprise,
Tu m'en feras raison !

CÉCILE.

      Ces violens éclats....

ELISABETH.

Va, sors de ma présence, et ne réplique pas.
           (*Cécile sort.*)

SCENE V.

S C E N E · V.

ÉLISABETH, LA DUCHESSE.

ÉLISABETH.

Duchesse, on m'a trompée, et mon ame interdite
Veut en vain s'affranchir de l'horreur qui l'agite.
Ce que je viens d'entendre explique mon malheur :
Ces témoins écoutés avec tant de chaleur,
L'arrêt si-tôt rendu, cette peine si prompte,
Tout m'apprend, me fait voir l'innocence du Comte ;
Et pour joindre à mes maux un tourment infini,
Peut-être je l'apprends après qu'il est puni...
Durs, mais trop vains remords !... Pour commencer ma
      peine,
Traitez-moi de rivale, et croyez votre haine.
Condamnez, détestez ma barbare rigueur :
Par mon aveugle amour je vous coûte son cœur !
Et mes jaloux transports, favorisant l'envie,
Peut-être encore, hélas ! vous coûteront sa vie.

G

SCENE VI.

TILNEY, ELISABETH., LA DUCHESSE.

ELISABETH, *à Tilney.*

Quoi ! déja de retour ? As-tu tout arrêté ?
A-t-on reçu mon ordre ? est-il exécuté ?

TILNEY, *hésitant.*

Madame....

ELISABETH.

Tes regards augmentent mes alarmes !
Qu'est-ce donc ? qu'a-t-on fait ?

TILNEY.

Jugez-en par mes larmes.

ELISABETH.

Par tes larmes !... Je crains le plus grand des malheurs !
Ma flamme t'est connue, et tu verses des pleurs !
Auroit-on, quand l'amour veut que le Comte obtienne,
Ne m'apprends point sa mort, si tu ne veux la mienne...
Mais d'une ame égarée inutile transport !
C'en sera fait sans doute ?

TILNEY.

Oui, Madame.

ELISABETH.

Il est mort !...
Et tu l'as pu souffrir !

TILNEY.

Le cœur saisi d'alarmes,

J'ai couru ; mais par-tout je n'ai vu que des larmes.
Ses ennemis , Madame , ont tout précipité :
Déja ce triste arrêt étoit exécuté :
Et sa perte , si dure à votre ame affligée ,
Permise , malgré vous , ne peut qu'être vengée.

ELISABETH.

Enfin ma barbarie en est venue à bout. . . .

(A la Duchesse.)

Duchesse , à vos douleurs je dois permettre tout.
Plaignez-vous , éclatez. Ce que vous pourrez dire
Peut-être avancera la mort que je desire.

LA DUCHESSE.

Je cede à la douleur , je ne puis le céler ;
Mais mon cruel devoir me défend de parler,
Et comme il m'est honteux de montrer par mes larmes
Qu'envain de mon amour il combattoit les charmes ,
Je vais pleurer ailleurs , après ces rudes coups ,
Ce que je n'ai perdu que par vous et pour vous.

(Elle sort.)

SCENE VII.

ELISABETH , TILNEY.

ELISABETH, à part.

LE Comte ne vit plus ! ô Reine , injuste Reine !
Si ton amour le perd , qu'eût pu faire ta haine ?
Non , le plus fier Tyran par le sang affermi....

SCENE VIII et derniere.

SALSBURY, ELISABEHT, TILNEY.

ELISABETH, à *Salsbury.*

EH! bien, c'en est donc fait; vous n'avez plus d'ami?

SALSBURY.

Madame, vous venez de perdre dans le Comte
Le plus grand...

ELISABETH.

Je le sais, et le sais à ma honte!
Mais si vous avez cru que je voulois sa mort,
Vous avez de mon cœur mal connu le transport.
Contre moi, contre tous, pour lui sauver la vie,
Il falloit tout oser, vous m'auriez bien servie;
Et ne jugiez-vous pas que ma triste fierté
Mendioit pour ma gloire un peu de sûreté?
Votre foible amitié ne l'a pas entendue...
Vous l'avez laissé faire, et vous m'avez perdue.'
Me faisant avertir de ce qui s'est passé,
Vous nous sauviez tous deux.

SALSBURY.

Hélas! qui l'eût pensé!
Jamais effet si prompt ne suivit la menace.
N'ayant pu le résoudre à vous demander grace,
J'assemblois ses amis pour venir à vos pieds
Vous montrer par sa mort dans quels maux vous tombiez,
Quand mille cris confus nous sont un sûr indice

Du dessein qu'on a pris de hâter son supplice.,
Je dépêche auffi-tôt vers vous de tous côtés....

ELISABETH, *l'interrompant.*

Ah ! le lâche Coban les a tous arrêtés !
Je vois la trahison.

SALSBURY.

Pour moi, sans me cornoître,
Tout plein de ma douleur, n'en étant plus le maître,
J'avance, et cours vers lui d'un pas précipité.
Aux pieds de l'échafaud je le trouve arrêté.
Il me voit, il m'embrasse, et sans que rien l'étonne:
» Quoiqu'à tort, me dit-il, la Reine me soupçonne,
» Voyez-la, de ma part, et lui faites savoir
» Que rien n'ayant jamais ébranlé mon devoir,
» Si contre ses bontés j'ai fait voir quelque audace,
» Ce n'est pas par fierté que j'ai refusé grace.
» Las de vivre, accablé des plus mortels ennuis,
» En courant à la mort ce sont eux que je fuis ;
» Et s'il m'en peut rester quand je l'aurai soufferte,
» C'est de voir que déja, triomphant de ma perte,
» Mes lâches ennemis lui feront éprouver »....
On ne lui donne pas le loisir d'achever.
On veut sur l'échafaud qu'il paroisse; il y monte:
Comme il se dit sans crime, il y paroît sans honte,
Et saluant le Peuple, il le voit tout en pleurs
Plus vivement que lui ressentir ses malheurs.
Je tâche cependant d'obtenir qu'on differe
Tant que vous ayiez su ce que l'on ose faire.
Je pousse mille cris pour me faire écouter;
Mes cris hâtent le coup que je pense arrêter.

Il se met à genoux ; déja le fer s'apprête :
D'un visage intrépide il présente sa tête ,
Qui du tronc séparée. . .

ELISABETH , *l'interrompant.*

Ah ! ne dites plus rien !
Je le sens, son trépas sera suivi du mien.
Fiere de tant d'honneurs, c'est par lui que je regne,
C'est par lui qu'il n'est rien où ma grandeur n'atteigne ;
Par lui, par sa valeur, ou tremblans ou défaits,
Les plus grands Potentats m'ont demandé la paix ;

(*A part.*)

Et j'ai pu me résoudre... Ah! remords inutile !
Il meurt, et par toi seule.... O Reine trop facile !
Après que tu dois tout à ses fameux exploits,
De son sang pour l'Etat répandu tant de fois ,
Qui jamais eût pensé qu'un arrêt si funeste
Dût sur un échafaud faire verser le reste ! ....
Sur un échafaud!... Ciel! quelle horreur ! quel revers !...

(*A Salisbury.*)

Allons, Comte, et du moins, aux yeux de l'univers,
Faisons que d'un infâme et rigoureux supplice
Les honneurs du tombeau réparent l'injustice....
Si le Ciel à mes vœux peut se laisser toucher,
Vous n'aurez pas long-tems à me la reprocher !

F I N.

DE L'IMPRIMERIE DE LA VEUVE
VALADE.